KNAUR

Im Knaur Taschenbuch ist von der Autorin bereits erschienen:
Château de Mérival. Der Geschmack der Leidenschaft
Château de Mérival. Der Traum vom Glück

Über die Autorin:
Julie Briac, geboren 1977, liebt Frankreich von der rauhen Küste der Bretagne bis hin zu den nebelverhangenen Bergen der Pyrenäen und von den Lagunen der Camargue bis zu den Lavendelfeldern der Provence. Dieses Land bietet alles: Genuss, Leidenschaft, Weite, aber auch Geselligkeit. Juliette Briac erkundet jeden Winkel. Auf ihren Wegen quer durchs Land lauscht sie den Stimmen, den Geschichten und dem Leben der Einheimischen, und abends, am liebsten bei einem Glas Rotwein, formen sich ihre Geschichten daraus.

JULIE BRIAC

CHÂTEAU DE Mérival

Das Ende der Sehnsucht

Roman

KNAUR

Besuchen Sie uns im Internet:
www.knaur.de

FSC
www.fsc.org
MIX
Papier aus verantwortungsvollen Quellen
FSC® C083411

Originalausgabe September 2017

Ein Imprint der Verlagsgruppe
Droemer Knaur GmbH & Co. KG, München

Umschlaggestaltung: ZERO Werbeagentur, München
Umschlagabbildung: FinePic®, München/shutterstock
Illustration Blumen: Karma3/Shutterstock.com
Satz: Wilhelm Vornehm, München
Druck und Bindung: CPI books GmbH, Leck
ISBN 978-3-426-51983-7

2 4 5 3 1

1

Cora legte den Kopf in den Nacken und genoss die warmen Sonnenstrahlen auf ihrem Gesicht. Ganz leise vernahm sie die Geräusche der Stadt, und unter ihr gurgelte der Fluss. Eigentlich hatte sie einen Stadtrundgang machen wollen, doch kaum war sie in Bordeaux aus ihrem Wagen gestiegen, hatten sie die Eindrücke der Stadt fast überwältigt. Autos, Straßenbahnen, Menschen, Fahrräder – alles schwirrte um sie herum, als wäre sie inmitten eines Ameisenhaufens gelandet. Sie versuchte, sich zusammenzureißen, immerhin lebte sie mitten in London, doch die letzten Wochen in der ländlichen Idylle der Domaine Levall hatten ihre Sinne sensibler werden lassen. Dort brauchte man sich nicht auf das Ausblenden all der städtischen Geräusche zu konzentrieren, sondern konnte ganz in Ruhe dem Gesang eines Vogels lauschen. In Bordeaux nun hatte sie zunächst ihr Heil in der Flucht zum Flussufer gesucht. Sie war zur Pont de Pierre gelaufen, einer alten steinernen Brücke, die sich in markanten Bögen über den Fluss spannte. Hier fuhren zwar auch Autos, aber sie hatte freien Blick den Fluss entlang. Sie stützte ihre Hände auf die steinerne Balustrade und atmete tief ein und aus. Vielleicht war es auch der Alkohol der gestrigen Nacht, der ihr noch ein schwammiges Gefühl im Kopf bescherte. Sie richtete kurz ihren Blick nach unten auf das trübe braune Wasser der Garonne. Erst einige Kilometer hinter der Stadt vereinte sich diese mit der Dordogne und wurde zur Gironde, die mit ihrem flachen Ufer linksseitig das Weinanbaugebiet des Médoc begrenzte. Das Wasser floss mit starker Strömung unter Cora hinweg. Es hatte es nicht mehr weit bis in das kilometerbreite Mündungsgebiet am Atlantik. Dort war sie schon gewesen, mit Robert. Der Gedanke an ihn gab ihr einen schmerzhaften Stich. Sie unterdrückte einen Fluch, fuhr sich mit beiden Händen übers Gesicht und stützte sich dann wieder auf die kühle Steinmauer vor ihr.

Seit sie im Juni das erste Mal ins Médoc gekommen war, hatte sich so viel in ihrem Leben verändert, dass sich ihre Gefühle auf einer stetigen Achterbahn befanden. So viele neue Gesichter waren in ihr Leben getreten, so schöne, aber auch sehr schmerzhafte Erfahrungen hatte sie gemacht. Es fühlte sich ein wenig an, als würde aus ihrem Leben, das zuvor anscheinend ein unbehauener Steinklotz gewesen war, nach und nach ihr wahres Ich herausgeschlagen. Hatte sie all die letzten Jahre in London in einer Art Starre verbracht? All die Gefühle, die Eindrücke und Erlebnisse der vergangenen Wochen standen in keinem Vergleich zu dem, wie und wer sie vorher gewesen war. Vielleicht war der Verlust ihres Jobs nur der richtige Anstoß gewesen und der Gewinn des Landstücks auf der Domaine Levall Glück im Unglück? Sie hatte so manchen Tag daran gedacht, dass es falsch gewesen war, ins Médoc zu reisen, und hatte bei ihrem ersten Aufenthalt sogar nach zehn Tagen die Flucht zurück nach London ergriffen. Doch sie war wiedergekommen. Sie wurde das Gefühl nicht los, dass sich für sie erst hier alle Knoten lösen mussten, wenn sie wieder Ruhe finden wollte. Doch momentan wurde es immer verworrener.

Und dann der schwere Unfall von Robert vor zwei Tagen. Sie seufzte leise. Er tat ihr so unendlich leid. Und sie war auch noch bei ihrem letzten Gespräch so hässlich zu ihm gewesen, böse darüber, dass er sie bezüglich seiner Person angelogen hatte. Wäre er wirklich nur der Gärtner der Chevaliers gewesen, es hätte vielleicht ganz einfach werden können. Doch er war nicht der Gärtner, er war der Hausherr auf dem Château de Mérival, er war verlobt, und er war momentan der Erzfeind der Menschen hier, die ihr sehr wichtig geworden waren, allen voran der ältere, etwas verschrobene Winzer Maxime, sein Neffe Pascal und die Haushälterin Valeska. Und dann waren da noch einige Geheimnisse aus der Vergangenheit, die noch nicht gelüftet waren. Warum verheimlichte Madame Chevalier ihren jüngeren Sohn Lucas, den Cora inzwischen kennengelernt hatte? Warum hassten die Chevaliers die Levalls so, obgleich die Familien sich doch wohl mal recht nahegestanden hatten? Warum ließ Robert auf seinem Weingut seinen Schwiegervater in spe, Pierre Mergot, schalten und walten, mit dem Ergebnis, dass die idyllische Landschaft dort bald von einer modernen Ferienanlage verschandelt werden würde?

Cora verschränkte die Arme vor der Brust und fröstelte trotz des warmen Sommerwetters. In all das hatte Pascal sie hineinmanövriert, weil er drei Stücke Land seiner Domaine als Gewinn ausgegeben hatte. Eins davon gehörte nun ihr, eins Amy, die sich inzwischen bei den Levalls auch sehr wohlzufühlen schien, obwohl sie erst sehr spät den Mut gehabt hatte, nach Frankreich zu reisen, und das dritte Landstück befand sich im Besitz des Ehepaares Davington. Sie bildeten somit eine Art Bollwerk zwischen der Domaine Levall und dem Château de Mérival, welches aber mit langen Tentakeln nach der Domaine zu greifen schien. Vor wenigen Tagen hatte es noch einen Lichtstreif am Horizont gegeben, denn Amy hatte für Maxime bei der Bank noch eine Galgenfrist ausgehandelt, welche seine Position gegenüber Mergot und den Chevaliers etwas verbesserte. Es verschaffte zumindest Zeit. Doch nun hatte Roberts Unfall sicher die Karten neu gemischt.

Cora vergrub ihre Hände in ihren Hosentaschen und wanderte auf der Brücke wieder Richtung Ufer. Hoffentlich war Robert bald wieder bei Bewusstsein. Hoffentlich waren seine Verletzungen nicht so schlimm, dass … Sie musste schlucken. Ein Sohn der Chevaliers war bereits Opfer eines tragischen Unfalls geworden und saß seitdem im Rollstuhl. Sie war beeindruckt gewesen, wie wenig das Lucas' Leben beschränkte. Sie hatte ihn über Roberts Unfall informiert, ohne ihn vorher zu kennen, da sie niemand anderen gewusst hatte, der ihr Kontakt zum Krankenhaus vermitteln konnte. Sie war ja keine Angehörige von Robert. Sie konnte nicht einmal behaupten, ihn sonderlich gut zu kennen – außer dass sie vor wenigen Wochen noch sicher war, er könnte der Mann ihres Lebens werden.

Cora musste selbst über ihre Naivität lachen, als sie nun das Ufer erreichte und weiter in Richtung einiger Sehenswürdigkeiten ging. Gemeinsam waren sie über den langen Sandstrand galoppiert und ja, da war es passiert, dass sie ihm ihr Herz geschenkt hatte. Doch nicht mal eine Stunde später hatte sie erfahren müssen, dass er sie belogen hatte. Franco, der Gärtner, alias Robert Chevalier. Im Grunde ihres Herzens hatte sie ihm aber schon wieder verziehen, hatte ihm das jedoch nicht eingestehen wollen, denn da stand ja noch eine klitzekleine Kleinigkeit im Raum, nämlich dass er verlobt war. Cora ballte die Hände in den Hosentaschen zu Fäusten. Sie hatte sich benutzt gefühlt. Was hatte er sich nur dabei gedacht, mit ihr Zeit zu verbringen und zu flirten, als gäbe es diese Frau nicht. Sagte das nicht alles über seinen wahren Charakter aus? Oder sagte es aus, dass er Isabel vielleicht gar nicht … Hatte er es doch ernst mit ihr gemeint? Somit wären all die unausgesprochenen Worte, die zwischen ihnen waren, eine ständige Last, sollte er nicht wieder aufwachen. Cora stoppte kurz und holte tief Luft. Jetzt auch noch heulend durch Bordeaux laufen wollte sie nicht. Sie riss sich zusammen. Wie Lucas schon am Morgen gesagt hatte, ihr blieb nichts anderes übrig.

Cora erschrak fast zu Tode, als ihr Handy plötzlich in ihrer Hosentasche klingelte. Eilig zog sie es heraus.

»Hallo?«

»Cora, wo um Himmels willen steckst du? Wir haben vorhin einen riesigen Schreck bekommen, als wir gemerkt haben, dass du nicht nach Hause gekommen bist.«

Nach Hause, Cora schmunzelte. Es war Amys aufgebrachte Stimme am anderen Ende. Aber sogleich bekam sie ein schlechtes Gewissen, denn sie war übereilt aufgebrochen und hatte niemandem auf der Domaine gesagt, wohin sie fahren wollte.

»Ich bin in Bordeaux, Amy.«

»Was? Was machst du denn da?«

»Ich …« Sie wusste, dass sie Amy nicht belügen konnte. »Ich habe mich nach Roberts Zustand erkundigt.«

»Ach.«

Amys Ton verriet Cora, dass diese wusste, warum sie das getan hatte. Amy hatte ein sehr sensibles Gespür.

»Und wie geht es ihm?«

Amy hatte Robert auch kennengelernt und wusste nichts von dem Schauspiel, das er bei Coras erstem Besuch abgehalten hatte.

»Es geht ihm den Umständen entsprechend gut. Ich … ich habe Kontakt zu seinem Bruder aufgenommen, und der steht im Kontakt mit der Klinik.«

»Puh, dann hoffen wir mal, dass er wieder auf die Beine kommt. Soll ich … soll ich Pascal und Maxime sagen, wo du bist?«

»Nein!« Cora merkte sofort, dass ihr dieses Nein zu scharf herausgerutscht war. »Nein«, wiederholte sie etwas sanfter. »Sag ihnen einfach, ich hätte noch Recherchetermine. Ich denke, ich bleibe noch ein oder zwei Tage hier und komme dann zurück auf die Domaine.«

»Okay, wenn du meinst.« Amys Stimme klang etwas misstrauisch.

»Amy, ich erklär dir das alles, wenn ich wieder da bin. Es ist etwas kompliziert.«

Amy lachte leise auf. »Ja, wie alles hier, hm? Hättest mich auch vor unserer Reise vorwarnen können.«

»Tut mir leid.«

»Hey, Quatsch! Ich finde es schön hier, auch wenn ich heute wohl wieder stundenlang bei Gluthitze zwischen den Reben umherkriechen muss, um da Blätter abzuzupfen.«

Cora lächelte. »Das hast du dir ja selbst so ausgesucht.« Amy hatte sofort einen guten Draht zu Maxime gehabt, und er unterwies sie inzwischen tagtäglich in die Arbeiten auf dem Weingut. Gesucht und gefunden hatten sich die beiden, würde man wohl sagen. Selbst die Haushälterin Valeska verblüffte Maximes Zutrauen zu Amy. »Ich bin bald wieder zurück«, beendete sie das Gespräch.

»Okay. Ich drück die Daumen, dass Robert schnell wieder fit wird. Wir hören uns.«

Cora starrte noch einen Augenblick auf das Display, bevor sie das Handy wieder in die Tasche steckte. Ihre Kehle schnürte sich zu, wie gestern im Krankenhaus, als sie zu Robert gegangen waren. Die Erinnerung überfiel sie jetzt wie ein kalter Schauer. Es war bedrückend gewesen, an den offenen Zimmern vorbeizugehen, in denen Menschen umgeben von Kabeln, Schläuchen und Maschinen lagen. Und überall das monotone Piepsen der medizinischen Geräte. Schwestern waren herumgehuscht. Die Reifen von Lucas' Rollstuhl hatten leise Quietschgeräusche auf dem grauen Linoleumboden von sich gegeben. Robert hatte wie die anderen Patienten lauter Kabel und Schläuche gehabt. Die Schwester hatte erklärt, er müsse am Abend noch einmal operiert werden.

Cora rieb sich die Augen, um diese Bilder aus ihrem Kopf zu bekommen. Am frühen Morgen – Lucas und sie hatten die ganze Nacht über gewartet und ihre Angst gemeinsam mit Whisky betäubt – war der erlösende Anruf gekommen, dass Robert zunächst außer Lebensgefahr sei.

»Und das wird auch so bleiben!«, sagte Cora jetzt halblaut, aber energisch, um sich selbst Mut zu machen. Dann ging sie mit forschen Schritten weiter. Sie würde sich jetzt die Stadt ein wenig ansehen. Ablenkung tat sicherlich gut.

2

Wenig später saß Cora auf dem Plateau unterhalb des Monument aux Girondins auf der Place des Quinconces. Die Steine des Bodens waren von der Sonne aufgewärmt. Sie beschirmte die Augen mit der Hand, sah sich kurz blinzelnd um und seufzte leise. Dann ließ sie die Hand wieder sinken, zog die Knie dicht an und umschlang sie mit den Armen. Dieser Platz war wirklich schön, aber ihre innere Unruhe wollte sich einfach nicht legen.

Hinter ihr ragte die monumentale Säule empor, an deren Spitze eine bronzene Statue, die die Freiheit repräsentieren sollte, ihre Ketten brach im Gedenken an die Französische Revolution. An den Seiten des Plateaus umringten zwei Zwillingsbrunnen dieses Denkmal, die im Licht der gleißenden Sonne ein wahres Wasserspektakel zeigten. Der kühlende Sprühnebel der Brunnen sowie die gute Sicht über den weitläufigen Platz bis fast zum Fluss hin hatten sie hier innehalten lassen. Nun saß sie zwischen Einheimischen und Touristen, die sich hier ebenfalls niedergelassen hatten, und genoss das besondere Flair dieses Ortes. Die Brunnen bestanden aus unzähligen Figuren – Mensch und Tier, Putten, Götter. Cora konnte sie nicht alle zuordnen. Am meisten nahmen sie aber die großen Pferdegestalten gefangen, die aus dem Brunnen über den Rand zu springen schienen und die aus Nüstern und Maul das Wasser versprühten. Es waren keine wirklichen Pferde, eher Fabelwesen mit Klauen statt Hufen und angedeuteten Schuppen statt Fell, doch sie wirkten nicht bedrohlich, sondern spiegelten den Triumph und den Kampf wider.

Es war inzwischen sehr warm geworden, doch vom Fluss her wehte eine sanfte Brise. Unten am Fuß der Treppe standen Eisverkäufer mit ihren kleinen Wagen. Kinder planschten mit den Händen im Wasser der Brunnen.

Cora war am Morgen auf dem Sofa in Lucas' Wohnzimmer erwacht. Ihr Kopf hatte geschmerzt. Im ersten Augenblick hatte sie gar nicht gewusst, wo sie sich befand. Sie hatte geträumt, und in den kurzen Sekunden zwischen Schlafen und Erwachen verschwammen auch Wunsch und Wirklichkeit.

Lucas, der verheimlichte Sohn der Familie Chevalier, war für Cora eine Überraschung gewesen. Zum einen war er Robert sehr ähnlich, zum anderen aber an einen Rollstuhl gebunden. Sie hatte vermutet, dass bei dem Unfall vor Jahren, über den sie heimlich recherchiert hatte, etwas Dramatisches geschehen war, doch ihre Vermutung plötzlich bestätigt zu sehen hatte sie sehr bewegt. Lucas hatte ihr die ganze Geschichte über den Unfall und wie es dazu kam, dass er keinen Kontakt zu seiner Familie hatte, in der vergangenen Nacht erzählt.

Binnen weniger Stunden hatten sich für sie so viele Antworten gefunden, dass sie alle ihre Gedanken immer noch nicht wieder geordnet hatte. Sie hatte sich mit Lucas gleich gut verstanden. Was Robert betraf, taten sich für sie allerdings viele neue Fragen auf. Sie hatte ihn nicht als jemanden kennengelernt, der so eiskalt schien, seinem behinderten Bruder den Rücken zu kehren. Doch konnte sie überhaupt wissen, was für ein Mensch Robert war? Sie hatte nur wenige Stunden mit ihm verbracht, Stunden, in denen er sie auch noch angelogen hatte. Doch das hatte sie ihm ja verziehen.

Cora streckte die Beine wieder aus, stützte sich nach hinten mit den Armen ab und blinzelte in die Sonne. Sie sollte diesen Ort unbedingt in ihrem Artikel erwähnen. Dazu war sie ja eigentlich in Frankreich. Ihre Freundin Ivy hatte ihr den Auftrag des *So-Far-Travel-Magazines* zugespielt und ihr somit Cora zu einem Lichtblick in ihrer momentanen beruflichen Situation verholfen. Immerhin war sie noch arbeitslos. Dieser Auftrag würde ihr einige Wochen weiterhelfen, oder sie verkaufte wirklich ihr Stück Land an die Chevaliers. Doch dies, das hatte sie fest beschlossen, wäre nur die allerletzte Notlösung. Also würde sie trotz der Umstände weiterschreiben müssen. Das *So-Far-Travel-Magazine* erwartete bald ihren ersten Artikel. Einiges an Stoff hatte sie schon zusammengetragen. Und daneben hatte sie in der Geschichte der Levalls und der Chevaliers rumgeschnüffelt. Pascal hatte sie dabei ertappt. Sie hatte sich die Zeitung besorgt, in der damals von dem Unfall berichtet worden war. Pascal hatte sehr barsch darauf reagiert und sie angefahren, die alten Geschichten ruhen zu lassen. Doch da sie jetzt Lucas kannte, war es ihr ein Rätsel, warum seine Mutter und auch Robert und Pascal ihm den Rücken zugekehrt hatten. Da steckte weit mehr dahinter als nur, dass Roberts und Lucas' Mutter es angeblich nicht ertragen konnte, ihren Sohn im Rollstuhl zu sehen. Cora spürte, wie sie wütend wurde.

Sie stand auf, stieg die Treppe vom Plateau hinab und lief über die Place des Quinconces wieder zum

Fluss. Von dort ging sie weiter am Ufer entlang zu einem anderen Ort, den man sich auch laut Reiseführer unbedingt ansehen sollte. Es war die Place de la Bourse mit ihrer imposanten Wasserinstallation. Zur Garonne hin gab es an der breiten Uferpromenade ein flaches Becken, aus dem abwechselnd feiner Nebel und kleine Fontänen emporsprühten. Es waren viele Menschen am und vor allem auch in diesem Becken. Kinder quietschten spielend darin, und Erwachsene liefen barfuß durch das flache Wasser. Und um das Becken herum gab es überall kleine mobile Eiswagen und Imbissstände. Cora sah sich das Spektakel eine Weile an. Vielleicht würde sie eines Tages noch einmal herkommen, vielleicht nicht allein. Und vielleicht würde sie eines Tages die Schönheit dieser Stadt zu würdigen wissen, aber heute war es wohl doch ein Fehler gewesen, sich Bordeaux anschauen zu wollen. Sie fühlte sich bedrückt und traurig. Da konnten auch die allgegenwärtigen hellen und strahlenden Sandsteinmauern der alten Gebäude und das historische Flair dieser Stadt nichts daran ändern. Sie beschloss, ihren Rundgang abzubrechen.

Kurze Zeit später lenkte sie ihr Auto in Richtung des Klinikums. Es war Unsinn, alleine dorthin zu fahren, denn man würde sie wohl nicht einmal bis auf die Station lassen, doch sie hatte das dringende Bedürfnis, Robert einen Augenblick nahe zu sein.

Im Klinikum war es sehr ruhig. Cora fuhr mit dem Fahrstuhl in die Etage, in der sie am gestrigen Tag mit Lucas gewesen war. Vor der Station gab es eine Art Schleuse. Von da an kam man nicht mehr ohne Schwesternbegleitung weiter. Sie klingelte. Es dauerte einige Zeit, bis die große schwere Tür geöffnet wurde.

»Ja bitte?« Eine junge Krankenschwester streckte den Kopf heraus.

»Hallo. Der Bruder meines … Freundes liegt seit vorgestern hier. Ich … ich wollte nur mal fragen, wie es ihm geht.«

»Sie sind also keine direkte Angehörige?«

Cora hob entschuldigend die Hände. »Nein, keine direkte. Es ist der Bruder meines Lebensgefährten«, flunkerte sie. Diese Notlüge hatte gestern auch Lucas benutzt, damit sie mit auf die Station hatte gehen dürfen.

»Hm«, machte die Schwester, »ich darf Sie leider nicht hereinlassen. Wie ist denn der Name des Patienten?«

»Robert Chevalier.«

»Es geht ihm den Umständen entsprechend gut. Aber Sie können gleich mit seiner Verlobten sprechen. Sie ist gerade bei ihm.«

»Oh.« Cora zuckte zurück. »Ja … dann werde ich mal unten auf sie warten.« Sie hob die Hand als Dank und eilte zurück zum Fahrstuhl.

Im Foyer des Klinikums gab es ein kleines Café. Cora wägte kurz ab, ob sie das Krankenhaus lieber schnell verlassen sollte oder … Die Neugier überwog plötzlich. Sie ging in das Café und setzte sich ganz hinten in eine Ecke. Von dort hatte sie den Fahrstuhl gut im Blick. Sie hatte Isabel Mergot bisher nur dreimal gesehen, zweimal bei den Verkaufsgesprächen im Château und einmal … Sie schluckte. Es war nämlich erst wenige Tage her, da hatte Isabel sie in der Nähe der Domaine abgefangen. Und da waren ihre Worte unmissverständlich gewesen: »Mrs. Thompson«, Isabels Stimme war scharf wie ein Messer gewesen, »ich habe zwar keine Ahnung, was Sie vorhaben, aber lassen Sie meinen Mann da raus. Jedes Mal, wenn Sie hier auftauchen, benimmt er sich seltsam, und das missfällt mir gelinde gesagt. Also, verschwinden Sie zurück nach England. Haben wir uns verstanden?« Dies war eine mehr als deutliche Ansage gewesen. Isabel hatte also schon mitbekommen, dass sich zwischen Robert und ihr ein gewisses

Band spannte. Vielleicht hatte sie Robert daraufhin auch schon zur Rede gestellt.

Cora hoffte, dass die Schwester nichts zu Isabel gesagt hatte. Wenn diese jetzt auch noch Wind davon bekam, dass sie Robert bis in das Klinikum verfolgte … Isabel würde natürlich wissen, dass Cora nicht Lucas' Freundin war. Cora wusste allerdings nicht einmal, ob Isabel Lucas überhaupt kannte, geschweige denn glauben würde, dass dieser eine Lebensgefährtin hatte, welche sich nach seinem Bruder erkundigte.

Cora hatte noch nicht ganz zu Ende gedacht, als sie Isabel den Fahrstuhl verlassen sah. Die schlanke blonde Frau trug ein weißes Kleid und ein auffällig rotes Halstuch. Vielleicht etwas zu auffällig für einen Krankenhausbesuch beim zukünftigen Ehemann, der womöglich nicht mehr genesen würde. Ihre hohen Schuhe klackerten so laut auf dem Boden der Eingangshalle, dass Cora es bis in das Café hörte. Sie versuchte aus der Ferne Isabels Gesichtsausdruck zu ergründen. Besonders traurig oder angeschlagen sah die Frau nicht aus. Daraus schloss sie, dass Robert und Isabel wohl kein sehr gutes Verhältnis hatten. Isabel zückte nun aus ihrer Handtasche ihr Handy und begann noch in der Eingangshalle zu telefonieren. Wahrscheinlich musste sie ihrem Vater gleich berichten, wie es um Robert stand.

»Wir haben auch Schnaps.«

Cora schreckte aus ihren Gedanken. »Wie bitte, Entschuldigung.« Jetzt erst bemerkte sie den Mann, unverwechselbar die Bedienung des Cafés, der neben ihrem Platz stand.

»Ich sagte, wir haben auch Schnaps. Sie sind ja kreidebleich und waren gerade auch … abwesend. Ich dachte, vielleicht könnten Sie etwas Kräftiges gebrauchen. Manchen unserer Gäste«, er ließ den Blick kurz kreisen, »tut das gut.«

»Danke, aber nein. Ein Kaffee reicht aus.« Cora fühlte sich verpflichtet, etwas zu bestellen, und sie würde ohnehin noch ein wenig warten, nicht dass sie Isabel noch im Parkhaus in die Arme lief.

»Bitte, gerne. Bringe ich Madame sofort.«

3

Die Sonne stand schon tief am Himmel, als Cora sich auf den Rückweg zu Lucas' Haus machte. Er hatte ihr am Morgen angeboten, dass sie gerne noch bleiben könnte. Allerdings merkte sie, dass die Stadt sie sehr bedrückte. Vielleicht sollte sie morgen zurück auf die Domaine Levall zurückfahren. Hier konnte sie sowieso nicht viel ausrichten. Außerdem hatte sie dummerweise ihren Laptop nicht dabei, und sie musste ja arbeiten.

Lucas war schon daheim, als sie eintraf, und es roch verführerisch nach Essen im Haus.

»Hi! Na, wie hat dir Bordeaux gefallen?« Er kam aus dem offenen Küchenbereich gerollt und begrüßte sie mit einem strahlenden Lächeln.

Coras trübe Stimmung hellte sich das erste Mal an diesem Tag auf. »Oh, eigentlich sehr gut. Es ist wirklich eine schöne Stadt, aber … Ach, so richtig genießen konnte ich das alles nicht.« Sie zuckte mit den Schultern.

»Ja, kann ich verstehen. Ich habe den Studenten heute glaube ich auch nur Quatsch erzählt. Magst du Fisch?« Er deutete hinter sich auf den Herd. »Ich hab uns etwas gekocht.«

»Ja klar.«

»Ich habe vorhin mit der Klinik gesprochen. Roberts Werte sind so weit stabil. Er hat eigentlich gute Chancen, wieder zu genesen. Eigentlich, weil niemand zu sagen vermag, inwieweit sein Kopf etwas abbekommen hat.«

»Hm.« Cora setzte sich an den Esstisch, wo Lucas schon eingedeckt hatte. Sie erzählte ihm nicht, dass sie heute auch in der Klinik war, weil sie das inzwischen auch etwas albern fand. »Meinen die, dass er vielleicht … bleibende Schäden davontragen wird?«

Jetzt zuckte Lucas mit den Schultern und wandte sich wieder dem Essen zu. »Ausschließen können sie es wohl nicht. Zumindest so lange nicht, bis er nicht wieder bei Bewusstsein ist.«

»Dann hoffen wir mal das Beste.«

»Ja, mehr bleibt uns auch nicht übrig.«

Das Essen war sehr gut. Lucas schien froh über Coras Gesellschaft.

»Sag mal, Lucas, was denkst du eigentlich über die Pläne, die dieser Mergot da auf dem Château verwirklichen will?«

»Was hat er denn da so vor, also außer seine Tochter unter die Haube zu bringen und ein paar Gästezimmer einzurichten?«

»Er plant schon etwas mehr als ein paar Gästezimmer. Er will dort Ferienhäuser und ein Hotel bauen.«

»Was?« Lucas ließ sein Besteck sinken.

»Ja. Deswegen hat Pascal doch die Landstücke als Gewinn ausgeschrieben. Damit konnte er zwischen der Domaine Levall und den Chevaliers etwas, sagen wir mal, Abstand bringen.«

»Mergot will also wirklich die Domaine aufkaufen?« Er machte mit der Gabel in der Hand neben seiner Schläfe eine kreisende Bewegung. »Was für eine verrückte Idee, Maxime die Domaine wegnehmen zu wollen. Vater hätte Mergot mit dem Stock vom Hof gejagt. Und diese Ferienhäuser, das verschandelt doch da alles.«

»Ja, das denken auch alle. Zumindest alle außerhalb des Château de Mérival.«

Lucas seufzte, lehnte sich in seinem Rollstuhl zurück und verschränkte die Arme vor der Brust. »Ich hab wirklich keine Ahnung, was Robert dazu treibt, solche Pläne zu machen. Eigentlich war der Weinanbau immer ein gutes Kerngeschäft. Ich kann mir nicht vorstellen, dass es solch einen großen Einbruch gegeben hat, dass Robert das Château anders nicht mehr halten kann.«

»Schade, dass du da nichts zu sagen hast.« Cora sah ihn ernst an.

»Ja, mehr als schade. Aber meine Familie hat es ja nicht anders gewollt.« Er beugte sich wieder vor und aß weiter.

Cora stocherte nun ein wenig lieblos auf ihrem Teller herum. Okay, da war dieser Familienzwist, aber sie wurde das Gefühl nicht los, dass es hier noch etwas anderes zu bereinigen gab, das die Chevaliers oder besser gesagt Robert und Lucas unter sich ausmachen mussten. Und vielleicht schafften sie das nicht ohne fremde Hilfe. Hoffentlich kam Robert wieder zu sich und war dann bei klarem Verstand. Sie seufzte.

»Schöner Urlaub, hm?«, bemerkte Lucas sarkastisch.

»Na ja, eigentlich bin ich ja zum Arbeiten hier, aber auch das funktioniert unter den ganzen Umständen nicht so richtig.«

»Ach ja, du willst ja einen Artikel über das Médoc schreiben. Hast du denn schon was beisammen?«, wechselte Lucas somit das Thema.

»Ja, habe ich. Ich war schon in einigen Orten und auch bei einigen Winzern, zum Beispiel bei Madame Fuliére.«

Lucas lachte. »Hat die immer noch die Katzen, die überall herumlaufen?«

»Ja. Und Valeska sagte, ich solle auch unbedingt zum Château Mouton Rothschild.«

»Hm, ja, das Museum da ist interessant.«

»Ich werde also morgen wohl wieder in Richtung Norden aufbrechen. Fahr dann über Pauillac zurück zur Domaine.«

»Wenn du für deinen Artikel noch Informationen über Wein brauchst oder über Bordeaux schreiben willst, stehe ich dir gerne zur Verfügung.«

Cora lächelte Lucas an. »Ja, gerne. Ich hoffe ja, dass ich nach diesem noch weitere schreiben kann.«

»Dann sehen wir uns also wieder?« Er erhob sein Glas.

Cora sah seinem Gesicht an, dass er sich anscheinend nicht nur etwas einsam fühlte, sondern dass ihn durch das Gespräch über das Château de Mérival Wehmut erfasste. Es war ja auch wirklich schrecklich, wie seine Familie ihn ignorierte. Sie mochte sich gar nicht vorstellen, wie sie sich fühlen würde, wenn ihre Eltern sich so zu ihr verhalten würden.

»Wir sehen uns sicherlich wieder.«

4

Cora fuhr am nächsten Morgen in Richtung Norden, aber nicht auf der Straße, die sie bisher immer von Bordeaux durch das Médoc genommen hatte, sondern auf einer kleineren Landstraße nahe des Flusslaufs, der Avenue de Labarde. Lucas hatte ihr diese Route empfohlen. Erst führte sie durch Vororte und Industriegebiete und dann plötzlich nach einem großen Golfplatz wieder mitten hinein in das ländliche Frankreich. Cora fühlte sich sofort wohler. Wiesen und Äcker säumten ihren Weg. Hier und da kündete ein Schild von der Zufahrt zu einem Weingut. Die Sonne ließ die Landschaft in einem satten Grün erstrahlen, und immer wieder blitzte an der rechten Seite in der Ferne der Fluss auf. Cora drehte das Radio an und ließ sich von französischen Schlagern einlullen. Nach gut einer

Stunde kam sie in Macau an. Gegenüber des Ortes trafen sich die Garonne und die Dordogne und vereinten sich zur Gironde. Cora suchte sich einen Parkplatz in Ufernähe und machte eine Pause. Leider, so konnte sie einer aufgestellten Informationstafel entnehmen, war von hier der Zusammenschluss des Wassers nicht zu sehen, da noch eine langgezogene Insel im Fluss lag. Sie war fast ein bisschen enttäuscht. Der Ausblick auf die flache Uferlandschaft, wo man nun ganz deutlich überall Weinfelder ausmachen konnte, entschädigte ein bisschen.

Je weiter sie fuhr, desto enger wurde auch das Netz von Weingütern. Pascal hatte ihr erklärt, dass sich das Hauptanbaugebiet am Fluss entlang erstreckte. Dort war der Boden besonders vorteilhaft für die Reben. »Am besten ist der Wein, der das Wasser sieht«, hatte er gesagt. Und damit war natürlich der Fluss gemeint und nicht der Atlantik. Auf dessen Seite gab es so gut wie keinen Weinanbau. Die Domaine Levall und das Château de Mérival lagen schon fast am äußersten nordwestlichen Zipfel und profitierten wohl nur von einer besonderen Bodenschicht, die sich vor Jahrmillionen genau dort zwischen den sanften Hügeln gebildet hatte. Weiter westlich gab es nur noch Wald und Ginsterbüsche, die bis an den breiten Dünenstreifen führten.

Coras Blick blieb an einer alten Mauer an der Straße hängen. Dort hatte wohl einst ein altes Château gestanden. Man konnte sogar noch die halb verfallenen Gebäude sehen, die nun von einer Weide umgeben waren, auf der Pferde grasten. Der Wein war wohl nicht jedermanns Glück. Entweder hatte man Erfolg mit seinem Anbau oder man ging zugrunde. Cora seufzte und fuhr weiter. Neben den Châteaus gab es auch immer mehr Hinweise auf kleine Pensionen und Hotels sowie Campingplätze. Touristisch war das Gebiet sehr reizvoll, und so hoffte sie, dass ihr Artikel gut ankommen würde.

Das Château Mouton Rothschild befand sich etwas oberhalb von Pauillac. Cora hielt am Straßenrand, um noch einmal auf ihrem Handy nachzusehen. Als sie den Namen des Châteaus in der Onlinesuche eingab, bekam sie viele Ergebnisse, unter anderem auch zu den dort produzierten Weinen. Sie zog scharf die Luft ein. Eine Flasche zum Preis eines Mittelklassewagens? Sie sollte ihr Land im Médoc auf keinen Fall verkaufen. Vielleicht wurde sie ja noch reicher damit, als das Angebot von Mergot hoffen ließ.

Der kleine Ort, wo das Anwesen lag, hieß Le Pouyalet. Weit war es wohl nicht mehr.

Sie folgte der Straße weiter, und schon bald tauchten auch die ersten Hinweisschilder auf. Diese führten sie zunächst zu einer großen Einfahrt, die nach wenigen Metern von einem Tor versperrt war. Cora sah sich um. Das war sicher nicht die Zufahrt für einfache Gäste, und sie wollte auch nicht bei der Familie Rothschild auf der Terrasse landen. Sie musste kichern. Schleunigst suchte sie die offizielle Besucherzufahrt.

In dem kleinen Museum des Châteaus schaffte es Cora dann wirklich mal, ihre Gedanken einige Stunden abzulenken. Es gab viel über die Geschichte des Weins zu entdecken, der Wein in der Kunst, allerlei Karaffen, Krüge und Gläser. Sie machte sich fleißig Notizen. Dann schloss sie sich kurzerhand noch einer angebotenen Besichtigungstour an, die über das gesamte Gelände führte. Sie hatte schon das Château de Mérival für groß gehalten, doch die Parkanlagen, die verstreuten Gebäude aus goldgelbem Sandstein und die traditionelle, aber dennoch moderne Architektur der Wirtschaftsgebäude waren beeindruckend. Und alles umgab ein wahres Meer aus Wein. So weit das Auge reichte, blickte man an den akkurat gezogenen Weinstöcken entlang.

Es war bereits Nachmittag, als Cora wieder in ihren Wagen stieg. Sie verließ nun die Route am Flussufer und fuhr Richtung Lesparre. Von dort kannte sie den Weg zurück zu der Domaine Levall sehr gut.

Am frühen Abend lenkte sie das Auto durch die Toreinfahrt. Sie Sonne stand schon tief und ließ die Büsche und Bäume an der Einfahrt in einem tiefen Grün leuchten. Cora presste gespannt die Lippen zusammen, doch als sie sah, dass Pascals Sportwagen nicht vor dem Haus stand, atmete sie aus. Pascal hatte sie kurz vor ihrer Abfahrt nach Bordeaux dabei ertappt, dass sie, was den Unfall betraf, recherchiert hatte, und seine Reaktion darauf war heftig ausgefallen. Sie war sich bei ihm immer noch nicht sicher, woran sie war. Einerseits waren sie sich einige Male körperlich sehr nahe gewesen. Pascal konnte ungemein charmant und verführerisch sein, und der Sex mit ihm jagte ihr allein bei dem Gedanken daran einen Schauer über den Rücken. Andererseits konnte er schon einen Tag später unnahbar und verschlossen sein. Er war irgendwas zwischen Fremder und Freund. Eins wollte sie aber nicht, nämlich dass er böse auf sie war. Einmal hatte sie das schon geschafft – unabsichtlich. Sie hatte ja nicht geahnt, wer der Gärtner Franco in Wirklichkeit war. Pascal aber hatte sie beide gesehen, und ihm war gehörig der Kragen geplatzt, zum einen wohl aus einer gewissen Eifersucht, zum anderen aber, weil er gedacht hatte, sie hätte sich

»mit dem Feind« eingelassen. Was natürlich Quatsch war.

Cora blieb noch einen Augenblick in ihrem Wagen sitzen und schaute auf das Haus. Es war ganz aus Feldsteinen erbaut, kleine, große, helle bis dunkelgraue, säuberlich Stein für Stein übereinandergelegt und viele Jahrhunderte alt. Die gedrungenen Fenster zogen sich an der Front entlang, und vor jedem dieser Fenster gab es einen Blumenkasten mit üppiger Blütenpracht, die Valeska liebevoll pflegte. Die weißen Fensterläden standen im starken Kontrast zu den grauen Wänden und den roten Blüten, gaben dem Haus aber ein freundliches und einladendes Aussehen. Cora hatte sich hier von der ersten Minute an heimisch gefühlt, erinnerte sie doch das alles etwas an ihr Elternhaus in der Grafschaft Buckinghamshire. Natürlich war da alles englischer, und auch das Wetter ließ meist zu wünschen übrig, doch das ländliche, entspannte Flair hielt sich dort ebenso zwischen den Hecken und Büschen wie hier im Médoc.

Sie stieg aus dem Wagen. Neben der Scheune ruhte der Esel im Schatten einiger niedriger Bäume. Über den Hof legten sich bereits die langen Schatten der Wirtschaftsgebäude. Der Trecker stand noch nicht auf seinem Platz, also war Maxime wohl noch auf den

Weinfeldern. Amy begleitete ihn sicherlich. Amy, die dritte Gewinnerin eines der Landstücke, hatte Cora in London kontaktiert. Sie hatte das Ganze zunächst auch für einen Witz gehalten. Doch als Cora ihr erzählte, dass sie ihr Land bereits besichtigt habe, hatte die Neugier überwogen. Nachdem Cora sie überredet hatte mitzukommen, waren sie diesmal zusammen hingereist. Beim ersten Zusammentreffen vor dem Abflug hatte Cora noch überlegt, ob es richtig gewesen war. Amys Auftreten war etwas merkwürdig. Wie ein scheuer bunter Vogel war sie ihr in der Halle des Flughafens entgegengekommen. Sie war gut einen Kopf größer als Cora, und das ohne hohe Schuhe. Ihre Füße steckten in ledernen Flipflops. Vom Alter her schätzte Cora sie um die fünfzig, auch wenn sie aus der Ferne jugendlicher aussah. Sie trug an dem Tag ein langes dunkelgrünes Kleid aus grobem Leinenstoff, eine blaue Weste darüber, und – das war das Auffälligste an ihr – sie hatte sehr lange dicke blonde Locken, die ihr bis über den Rücken reichten und die sie mit einem einfachen Tuch zurückgebunden hatte. Allerlei bunte Ketten hingen um ihren Hals und um ihre Handgelenke. Als Gepäck trug sie nur eine kleinere Stofftasche bei sich. Cora hatte innerlich lachen müssen. Da hatte Pascal ja noch einen sehr speziellen Menschen ausgewählt.

Amy entpuppte sich als wahre Wundertüte. Sie wohnte zwar außerhalb von London zusammen mit ein paar Hühnern in einem Bauwagen, war aber früher eine gestandene Anwältin gewesen. Eine Lebenskrise hatte sie aussteigen lassen. Cora bewunderte Amy inzwischen ein bisschen. Einfach seinen Weg gehen, und zwar den, der gut für einen war, dazu gehörte auch ganz schön viel Mut. Hier auf der Domaine Levall hatte sie sich sofort blendend mit dem Winzer Maxime verstanden. Cora rätselte noch, ob Pascals Auswahl, Amy als Gewinnerin zu ziehen, mit dem Hintergedanken verbunden gewesen war, sie Maxime nahezubringen, oder ob es Amys ökologischer Aktivismus war, den er Pierre Mergot gegenüberstellen wollte. Wahrscheinlich beides.

Als sie in die Küche der Domaine kam, ließ ein frisch würziger Geruch sofort ihren Magen knurren.

»Cora, da bist du ja wieder.« Valeska kam hinter der großen offenen Feuer- und Kochstelle hervor. »Wir haben uns schon Sorgen gemacht.«

»Entschuldige, Valeska. Ich habe etwas recherchiert und bin dabei hängengeblieben.«

»Und wo warst du?«

»In Pauillac und Bordeaux.«

»Aha.« Valeska legte den Kopf etwas schief. »Bordeaux sagst du …« Dann strahlte sie aber wieder übers ganze Gesicht. »Ich hatte schon Angst, du bist wieder Hals über Kopf abgereist.«

»Würd ich mir nicht mehr erlauben«, entgegnete Cora. »Und hier? Ist hier in den letzten Tagen etwas Spannendes passiert?« Sie wollte noch niemandem verraten, dass sie bei Lucas gewesen war und auch bei Robert.

»Nein.« Valeska wandte sich wieder ihrem großen Suppentopf zu. »Von dem Unfall sind alle noch ganz geschockt. Maxime hat Franco in den Weinfeldern getroffen. Der Arme hat Angst, dass jemand meint, dass er schuld sein könnte.«

»Wieso sollte Franco an dem Unfall schuld sein?« Cora nahm sich ein Glas und goss sich aus einem großen Krug Wasser ein.

»Na, weil er so ziemlich der Einzige ist, der mit den Maschinen in der Scheune zu tun hat.«

»Aber er hat doch nichts mit Robert. Soweit ich weiß ... Soweit ich gehört habe, verstehen die sich doch sehr gut. Franco hat also keinen Grund ... Also wenn es kein Unfall war.«

»Der Inspecteur Gilbert macht wohl seine Arbeit sehr genau. Inzwischen hat er jeden Nachbarn und das halbe Dorf befragt. Nein, Franco hatte sicherlich keinen Grund. Es war übrigens kein Unfall. Die Kette wurde absichtlich zwischen dem Traktor und dem Balken festgemacht.« Valeska stieß einen tiefen Seufzer aus. »Aber Franco war das sicher nicht. Nur, wer sollte so was tun?«

Cora verschluckte sich fast an ihrem Wasser. Ja, das wüsste sie auch gerne.

»Also«, fuhr Valeska fort, »Inspecteur Gilbert hat natürlich inzwischen alles über den Streit zwischen einerseits Robert und Mergot und andererseits Maxime und Pascal herausgefunden. Das wirft natürlich kein gutes Licht auf uns.«

Cora stellte geräuschvoll ihr Glas auf den Tisch. »Ach, da soll der Herr Inspecteur aber auch mal bei den Chevaliers gucken. Diese Isabel ist kalt wie eine Hundeschnauze – sagt man auch so in Frankreich? Madame Chevalier würde ihren Sohn vielleicht nicht gleich umbringen, aber ein besonders gutes Verhältnis haben die anscheinend auch nicht. Und dieser Mergot ist ein unmöglicher Mensch, und … und wer weiß schon, wo oder bei wem er Robert noch in Schwierigkeiten gebracht hat. Wenn es danach geht, ist wohl so gut wie jeder verdächtig.«

»Nach dir hat der Inspecteur auch noch mal gefragt.« Valeska sah Cora kurz abschätzend an. »Man hat dich wohl mit Robert bei eurem Ausritt vor einigen Wochen gesehen.«

Cora hob hilflos die Arme. »Ja, Himmel, ich bin mit ihm ausgeritten. Da wusste ich aber noch gar nicht, wer er ist. Deswegen bringe ich ihn doch nicht gleich um.«

»Erklär das dem Inspecteur. Der macht einen sehr bemühten Eindruck, möglichst schnell einen Täter dingfest zu machen.«

5

Da bist du ja wieder.« Amy fiel Cora am Abend freudig um den Hals. Sie roch nach Erde, ihre Hände waren schmutzig, und in ihren langen Haaren hatten sich einige Weinblätter verfangen.

Maxime warf Cora einen kurzen Blick zu und brummte nur: »Hallo, Cora.«

»Wir reden nachher, okay«, raunte Amy ihr noch ins Ohr und klatschte dann fröhlich in die Hände. »Valeska, was gibt es denn heute Gutes zu essen? Ich habe Hunger wie ein echter französischer Landarbeiter.«

»Ich habe eine kräftige Hühnerbouillon gekocht. Dazu gibt es Brot, Schinken, Käse und zum Nachtisch einen Clafoutis aux cerises. Ihr mögt doch Kirschen, oder?«

Cora lachte. »Oui, für mich bitte gleich den Nachtisch.« Dieser süße, luftige Kirschauflauf, denn ein Kuchen war es nicht direkt, war eine von Valeskas Spezialitäten. Dass er überwiegend aus Zucker bestand, erhöhte den Suchtfaktor in Coras Augen enorm.

»Non, erst wird anständig gegessen«, sagte Valeska lächelnd, als würde sie mit einem Kind reden.

»Ich geh mich mal kurz waschen.« Amy verschwand in Richtung Flur.

Cora setzte sich schon an den Tisch. »Ist Pascal wieder unterwegs?«, fragte sie in möglichst beiläufigem Ton.

»Der ist am selben Tag wie du nach Pauillac gefahren. Wohin noch, weiß ich nicht. Auf jeden Fall ist er seitdem auch fort.«

Valeska schien sich um Pascals Abwesenheit wenig Sorgen zu machen. Cora wusste, dass Pascal immer mal wieder ein paar Tage, wenn nicht sogar länger weg war, um Geschäfte zu tätigen. Das war also nicht außergewöhnlich. Aber dass er die Domaine bei der derzeitigen Situation verließ, hätte sie nicht gedacht. Bevor sie weiter darüber nachgrübeln konnte, kehrten Amy und Maxime, der sich ebenfalls draußen gewaschen hatte, in die Küche zurück, und Valeska trug das Essen auf.

Nach dem Essen fühlte sich Cora zufrieden.

»Machen wir noch einen kleinen Spaziergang?« Amy sah sie auffordernd an.

»Gern.«

Die Sonne hing wie eine glutrote Scheibe am Horizont über den Baumwipfeln, als Cora und Amy über den Grasweg zu den Weinreben gingen. Es stieg ein erdiger Duft vom Boden auf und vermischte sich mit der leicht salzigen Luft des nahen Meeres. Cora atmete diese Sommerbrise tief ein. All dies gab es auf den grauen Bordsteinen von London nicht.

»Du bist eigentlich auch kein Stadtmensch, oder?«, fragte Amy leise und grinste Cora an.

Cora hob kurz die Schultern. »Ach, eigentlich fühle ich mich in London ganz wohl. Ich meine … Ich hab da eine nette Wohnung, eine Grünpflanze, und ich hatte einen guten Job.«

»Aber hier hast du dich jetzt wieder geerdet, glaube ich.« Amy sah auf ihre nackten Füße, denn sie lief barfuß neben Cora her.

»Kann wohl sein. Auf jeden Fall scheint sich in den letzten Wochen in meinem Leben mehr verändert zu haben als in all den letzten Jahren.«

»Du warst wegen Robert in Bordeaux, oder?«

»Hm.«

»Na komm, dein plötzlicher Aufbruch war schon etwas auffällig. Zumindest fand ich das auffällig. Und dein Gesichtsausdruck, als wir erfuhren, dass Robert den Unfall hatte ... Cora, mir kannst du nichts vormachen. Ich weiß zwar auch, dass Pascal und du ... na ja ... Hey, mir ist das egal!« Sie hob kurz die Hände. »Aber ich spüre, dass dich dieser Unfall mehr belastet, als du zugeben magst, und so wie du neulich auf dem Château mit ihm geredet hast ...«

Cora blieb sich ertappt fühlend stehen und verschränkte die Arme vor der Brust.

»Hey, komm, ist doch wirklich nichts Schlimmes dabei. Mir ist schon klar, dass Maxime und Pascal es nicht toll finden würden, wenn sie wüssten, dass du Kontakt zu dem Chevalier hast. Hattest du?«

Cora musste sich räuspern. »Ja ... hatte ich.«

Amy grinste bei dieser Bestätigung. »Dann erzähl. Mir kannst du alles erzählen.« Sie legte Cora den Arm um die Schultern und zog sie weiter den Grasweg entlang.

Cora beschloss, Amy einzuweihen. »Also ja, ich kenne Robert«, begann sie leise. »Als ich das erste Mal hier zu Besuch war, hat sich Robert mir gegenüber als Franco, der Gärtner und Stallbursche, ausgegeben. Wir hatten echt eine nette Zeit.«

»Warum hat er dich denn angelogen?«

»Weil ihm wohl klar war, dass ich ihm wegen dieser Verkaufssache und Mergot die kalte Schulter gezeigt hätte, wenn ich gewusst hätte, wer er wirklich ist. Robert war bei dem ersten Gespräch nicht dabei, und ich bin ihm hinterher in die Arme gelaufen.«

»Wie romantisch.« Amy ließ Cora los und begann hier und da ein paar lange Grashalme abzuzupfen, die sich nahe der Reben Maximes Mäharbeit entzogen hatten.

»Ja, war es auch fast. Überraschend traf ich ihn in Saint-Vivien. Wir tranken einen Café au Lait. Am nächsten Tag hat er mir den Phare de Cordouan gezeigt, den Leuchtturm oben im Meer, wo der Fluss mündet. Ach Scheiße, es fing so gut an.«

»Und dann?« Amy begann aus den langen Grashalmen einen Strang zu flechten.

»Dann lud er mich zu einem Ausritt ein. Wir sind förmlich über den Strand geflogen. Ich hatte zwar drei Tage schrecklichen Muskelkater, aber es war traumhaft. Tja, und dann kam Pascal und hat diese schöne Seifenblase zerstochen.«

Amy grinste Cora kurz an. »War er eifersüchtig?«

»Eifersüchtig? Vielleicht auch, aber vor allem war er stocksauer, dass ich mit Robert alias Franco durch die Gegend reite. O Mann, mir war das vor den Levalls ganz schön peinlich, dass ich mich so von dem Kerl hinters Licht hab führen lassen.«

»Woher hättest du denn wissen sollen … Also deswegen warst du neulich bei der Besichtigungstour so böse zu ihm. Kindchen, glaub mir, der hatte nur Augen für dich. Ich bin vielleicht schon ein bisschen älter – eigentlich schade, dass mir die knackigen Kerle nicht mehr hinterherschauen –, aber so was sehe ich wohl noch.«

Jetzt lächelte Cora. »Ja, ich war echt hässlich zu ihm. Im Grunde hatte ich ihm das ja schon verziehen und wollte ihm das auch irgendwie klarmachen, aber … Man darf auch nicht vergessen, dass er verlobt ist.«

»Mit der eiskalten Hexe?« Amy lachte, drehte sich zu Cora und legte ihr den geflochtenen Graskranz auf die Haare. »Da wär unsere englische Prinzessin aber die bessere Wahl.«

»Und jetzt hatte ich einfach Angst um ihn und wollte wissen, wie es ihm geht. Da hab ich kurzerhand seinen Bruder angerufen.«

»Da gibt's noch einen?«

»Ja. Lucas lebt in Bordeaux. Seine Familie will wohl nichts mehr mit ihm zu tun haben.«

»Warum nicht?« Amy zog die Augenbrauen hoch.

»Weil … weil er behindert ist, und das durch einen Unfall, an dem auch Robert und Pascal beteiligt waren. Ist 'ne längere Geschichte.«

»Ja, und wie geht's ihm nun, dem Robert?«

Cora hob resigniert die Arme. »Den Umständen entsprechend. Er ist außer Lebensgefahr, aber ob er wieder ganz gesund wird, also vom Kopf her, das können die Ärzte nicht sagen, solange er bewusstlos ist.«

»Merde!«, fluchte Amy. »Da sind wir ja ganz schön in was reingeraten, was?«

»Kann man wohl sagen.«

»Ich frag mich nur, wer da sein Unwesen in der Scheune getrieben hat? Du ja wohl hoffentlich nicht?« Amy warf Cora einen übertrieben vorwurfsvollen Blick zu.

»Hey, ich sicher nicht. Aber das kann im Grunde jeder gewesen sein. Du hast die Scheune doch gesehen, da kommt jeder rein, und hinter dem Haus sind nur die Koppeln, da guckt auch keiner.«

»Ich befürchte, der Inspecteur wird unseren ›Urlaub‹ hier so lange verlängern, bis er einen Täter hat.«

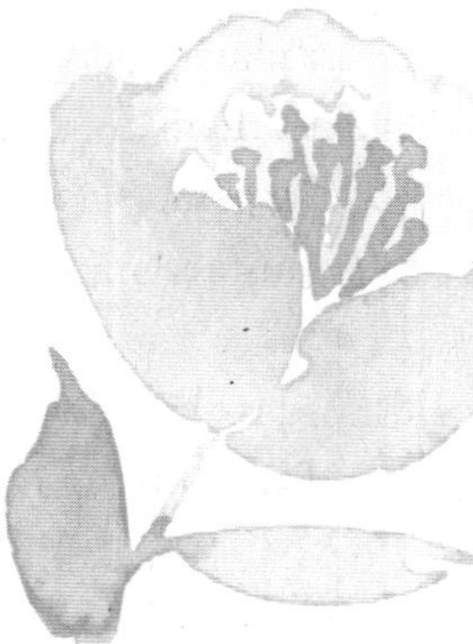

6

Bereits am nächsten Morgen bestätigte sich Amys Gespür. Inspecteur Gilbert platzte pünktlich zum Morgenkaffee in die Küche der Domaine. Wortwörtlich, denn er schob Valeska, die gerade an der Tür stand, einfach beiseite und betrat mit strammen Schritten das Haus.

»Guten Morgen. Gut, dass ich Sie alle zusammen antreffe.« Er ließ seinen Blick über alle hinwegstreifen.

Maxime stellte empört seinen Kaffeebecher auf den Tisch und verschränkte die Arme vor der Brust. »Inspecteur?«, sagte er und fixierte ihn.

Amy nippte weiter an ihrem Kaffee, und Cora umfasste ihre Tasse so fest, dass sie die Hitze des Getränks bis auf die Handflächen spürte.

»Monsieur Levall, ich habe neue Erkenntnisse. Wie mir zugetragen wurde, haben Sie vor wenigen Tagen ein Gespräch mit Monsieur Chevalier gehabt.«

Cora sah Amy an, dann Maxime. Hatte er?

Maxime nahm seine Kaffeetasse wieder in die Hand. »Ja, hatte ich.«

»Von Madame Chevalier wurde die Vermutung geäußert, dass Sie ihrem Sohn gedroht haben.«

»Ich?!«

»Haben Sie?«

»Warum sollte ich? Nein, habe ich nicht.«

»Worum ging es dann in dem Gespräch?«

Maxime lachte kurz auf. »Robert kam zu mir, um mir zu sagen, dass er keine Ferienanlage mehr bauen wird.«

Der Inspecteur zückte seinen kleinen Block und machte sich Notizen. »Sie haben sich also mit ihm gestritten?«

»Herrgott nein! Ich sagte doch, er kam zu mir …«

»Madame Chevalier stellt das etwas anders dar. Ihr Sohn sei an dem Tag sehr verwirrt gewesen, und sie äußerte die Vermutung, dass Sie ihm gedroht haben und er deswegen von den Plänen Abstand genommen hat.«

»Womit sollte ich Robert denn drohen können? Hören Sie, Inspecteur, Robert Chevalier und Pierre

Mergot haben den Plan mit der Ferienanlage nicht erst seit gestern.« Maxime lachte wieder etwas schief. »Wenn ich etwas als Druckmittel gehabt hätte, hätte ich das wohl schon eher aus der Tasche gezaubert.«

»Wir werden es erfahren, wenn Monsieur Chevalier das Bewusstsein wiedererlangt.« Der Inspecteur deutete mit dem Block in der Hand auf Maxime. »Halten Sie sich bitte für weitere Fragen zur Verfügung.« Mit einem kurzen Nicken machte er auf dem Absatz kehrt und verließ das Haus.

Maxime stand ruckartig auf. »Das fehlt ja jetzt noch, dass Catherine mit ihren wirren Anschuldigungen herumwirft.«

Amy hatte die Stirn in Falten gelegt. »Hast du Robert denn wirklich getroffen?«

»Ja. Er kam am Tag vor dem Unfall zu mir in den Wein und sagte, er wolle das alles nicht mehr und nehme Mergot nun den Wind aus den Segeln.«

Cora stellte ihren Kaffeebecher hin und stützte die Hände auf den Tisch. »Warum hast du davon nichts erzählt?«

»Ach«, Maxime machte eine abwinkende Geste, »ich habe es ihm ja nicht recht geglaubt. Und am nächsten Tag war es um ihn geschehen.«

Valeska, die die ganze Zeit nur mit großen Augen danebengestanden hatte, hob bremsend die Hände.

»Jetzt mal langsam. Robert hat gesagt, er würde seine Pläne aufgeben?«

»Ja, hat er. Glaubt ihr mir nicht?«

Valeska ging zu Maxime und legte ihm beruhigend eine Hand auf den Arm. »Doch natürlich, aber wenn das stimmt, dann hatten da unten auf dem Château wohl einige Leute mehr Grund, böse auf ihn zu sein, als wir hier oben.«

»Sag ich ja, aber wenn Catherine das nun alles ganz anders darstellt?«

Jetzt erhob Amy sich. »Der Inspecteur muss ja jedem Hinweis nachgehen, das ist seine Pflicht.«

Maxime schaute wütend drein. »Ja, ja, und derweil erzählt Catherine überall herum, ich hätte ihrem Sohn gedroht und ihm dann womöglich auch noch anders geschadet!«

Cora fuhr sich mit den Händen übers Gesicht. »Was hat Robert denn an dem Tag genau zu dir gesagt?«

Maxime senkte den Blick, als müsste er überlegen. »Er hat mir angeboten, unser Land zu pachten, und dass wir zusammenarbeiten sollten.«

Amy schüttelte den Kopf. »Wie? Das Land hier pachten statt kaufen, damit Mergot da unten bauen kann?«

»Nein, eben nicht.« Maxime sah wieder auf und seufzte. »Vor vielen Jahren gab es da schon einmal

Pläne. Roberts Vater hatte mir vorgeschlagen, dass wir die Domaine und das Château verbinden. Ich habe hier Rebsorten, welche die da unten nicht haben, und andersherum. Schon damals sah Roberts Vater darin eine Lösung, denn so gut wie früher ging es denen da unten ja auch nicht mehr. Und es ist immer noch eine gute Idee. Würde ich von Robert Pacht bekommen, wären meine Geldsorgen gelöst, und gleichzeitig würde ich finanziell am Gewinn beteiligt, den das Château durch das Kombinieren der Weine macht. Es hätten alle was davon.«

»Und warum habt ihr das nie in Angriff genommen?« Cora war jetzt wirklich neugierig.

Maxime lehnte sich an die Arbeitsplatte in der Küche, und seine Stimme wurde leiser. »Catherine war über diesen Vorschlag ihres Mannes außer sich. Ihre Familie und meine, na ja, das geht hier ja nicht erst seit gestern so. Mein Wein, dein Wein. Wessen Wein ist besser? Da einfach das weiße Handtuch schwenken, wie es ihr Mann tat, hat sie fast als persönlichen Affront gesehen. Es gab Streit. Und dann …«, Maxime sah zu Cora und Amy, »dann war er tot. Herzinfarkt. Catherine hat das sehr mitgenommen. Robert hat kurz darauf Isabel Mergot kennengelernt, und Pierre Mergot schob sich wie der Retter des Seelenheils in die Familie. Robert übernahm das

Château, und es wurde nie wieder ein Wort darüber verloren. Wahrscheinlich, weil Mergot Robert, seine Not ausnutzend, recht schnell zu seinen eigenen Plänen überredete.«

Cora schauderte. Hoffentlich erging es Robert jetzt nicht genauso wie seinem Vater.

Maxime stieß sich von der Arbeitsplatte ab und stellte sich wieder gerade hin. »Mir kam dann Pascal zu Hilfe. Es geht ja sogar etwas besser, seit er den Wein verkauft. Doch es reicht halt nicht. Aber er und Robert, das wäre sowieso nicht gutgegangen …« Er winkte erneut ab. »Ich geh jetzt arbeiten. Noch ist Wein da, der gepflegt werden will.« Mit diesen Worten verschwand er durch die Terrassentür nach draußen.

Amy und Cora blieben am Tisch sitzen.

»Was denkst du?« Amy sah Cora mit zusammengezogenen Augenbrauen an. »Ist hier überhaupt noch irgendwer zu retten?«

Cora verbrachte den Rest des Tages auf ihrem Zimmer und auf der Terrasse und schrieb an ihrem Artikel. Der musste nun wirklich zur Redaktion. Es fiel ihr zunächst schwer, sich zu konzentrieren. Warum waren hier nur alle so gegeneinander? Maximes Worte »das geht hier ja nicht erst seit gestern so« gingen ihr nicht mehr aus dem Kopf. Wenn sich diese Familien vor Mergot und vor dem Unfall, den Lucas, Robert und Pascal hatten, schon angefeindet hatten, lag die Wurzel dieses Übels vielleicht noch viel weiter zurück, als sie ahnte. Sie hoffte nur, dass es nicht darauf gründete, dass irgendein Ritter hier vor vielen hundert Jahren mal den Fehdehandschuh geworfen hatte. Sie kannte das aus dem Dorf ihrer Eltern. Dort in Buckinghamshire gab es Familien, die nichts miteinander zu tun haben wollten, ohne dass heute noch jemand wusste, worum es eigentlich gegangen war.

Sie brauchte etwas Zeit, aber dann versank sie für Stunden in ihren Zeilen. Am frühen Abend hatte sie einen sechsseitigen Artikel fertig. Sie suchte noch ein paar schöne Bilder heraus, die sie im Médoc gemacht hatte, insbesondere von den Weingütern, die sie gesehen hatte, und speicherte dann alles in einer gemeinsamen Datei. Bevor sie diese via E-Mail abschickte, musste sie einmal tief einatmen. Ihre Arbeit aus der Hand zu geben kostete jedes Mal Überwindung, auch wenn sie in den letzten Jahren schon viele hundert solcher Artikel verschickt hatte.

Zufrieden lehnte sie sich zurück. Jetzt musste sie erst einmal auf Rückmeldung warten. Hoffentlich gefiel ihre Arbeit. Diese Sherine, die ihr diesen Auftrag vermittelt hatte, hatte ja angedeutet, dass der Verlag im *So-Far-Travel-Magazine* eine ganze Serie an Reiseartikeln über Frankreich und Europa bringen wollte. Cora hoffte, dass sie noch etwas dabeibleiben konnte.

7

Mitten in der Nacht wurde Cora unsanft aus dem Schlaf gerissen. Der Esel machte draußen auf dem Hof einen ungewöhnlichen Lärm, und sein heiseres Iah hallte bis in den letzten Winkel des Hauses. Schlaftrunken taumelte sie aus dem Bett und in den Flur, wo sie fast mit Amy zusammenstieß. Auch Maxime kam aus seinem Zimmer, in einem blaugestreiften Schlafanzug, wie Cora belustigt feststellte.

»Diesen verdammten Esel hätte ich schon längst zum Abdecker bringen sollen. Jetzt wird der auch noch verrückt«, wetterte Maxime. Zu dritt eilten sie zur Haustür. Hinter dieser erwartete sie allerdings nicht die dunkle Nacht des französischen Sommers, sondern das gleißende Scheinwerferlicht eines hausgroßen Wohnmobils.

Cora, Maxime und Amy blieben wie erstarrt auf dem Hof stehen. Der Esel rief weiter.

»Sie sind wieder da!« Cora erholte sich als Erste von dem Schreck und stürzte auf das Gefährt zu, an dem sich gerade eine Tür öffnete.

»Cora! Sie sind ja auch noch hier!« Aus dem Wohnmobil stieg die füllige Gestalt von Mrs. Davington.

Von der Fahrerseite hörte man die Stimme ihres Mannes. »Warum macht das Viech denn so einen Aufstand? Hallo, Monsieur Levall. Entschuldigen Sie, dass wir wieder so spontan und auch noch mitten in der Nacht auftauchen, aber meine Frau wollte unbedingt hierher zurück.«

»Oh, ich glaube, er hat mich vermisst!«, quietschte Mrs. Davington.

Cora sah, wie Amys Blick irritiert zwischen Mrs. Davington und Maxime hin- und hersprang. Sie stieß sie an und kicherte. »Der Esel!«

»Sind das … die anderen Gewinner?«, raunte Amy.

»Ja, das sind sie.«

»Großer Bauwagen, sehr großer Bauwagen«, sagte Amy konsterniert. »Weißt du, was die Dinger für eine Energiebilanz haben? Da kann man sich fast genauso einen Privatjet leisten.«

»Ach komm, die sind wirklich nett. Du wirst sie mögen.«

»Sie fahren heute aber nicht mehr in den Wein. Ihr … Wohnmobil bleibt schön hier auf dem Hof.« Maxime begrüßte die Überraschungsgäste halb freundlich, halb kritisch.

»Ja, selbstverständlich.« Mr. Davington war inzwischen hinter dem Fahrzeug hervorgetreten. »Nun geh schon zu dem Tier und gib ihm den Apfel, sonst brüllt es noch die ganze Nacht.« Er machte eine winkende Handbewegung in Richtung seiner Frau. »Ich bin wohl nicht mehr der einzige Esel in ihrem Leben.« Dann lachte er herzlich, während seine Frau glücklich in die Dunkelheit des Hofs verschwand und der Esel sogleich verstummte. »Der hat hoffentlich nicht seit unserer Abreise so herumgeschrien?«

»Nein, vor einer Stunde war er noch friedlich. Und wenn Sie erlauben, gehe ich jetzt auch wieder ins Bett.« Maxime wandte sich zum Haus. »Sie kennen sich ja hier aus.« Weg war er.

»Schön, dass Sie wieder da sind.« Cora begrüßte Mr. Davington mit einem herzlichen Handschlag.

»Wohnen Sie hier inzwischen?«, fragte er und lachte wieder.

»Darf ich Ihnen Amy vorstellen? Ihr gehört das dritte Stück Land.«

»Wie schön, dann sind wir ja vollzählig. Will dieser Mergot immer noch alles aufkaufen?«

»Es hat sich einiges getan, Mr. Davington. Aber ich glaube, das erkläre ich Ihnen lieber alles morgen.«

Mrs. Davington kam zurück. »Ha, ich glaube, er hat mich wirklich vermisst, der Esel. Schön, wieder hier zu sein.«

Mr. Davington legte seiner Frau liebevoll die Hand auf die Schulter. »Ich denke, wir gehen für heute schlafen. Wir haben hier ja alle ganz schön hochgescheucht.«

»Wir sehen uns morgen. Schlafen Sie gut!« Cora ging mit Amy wieder ins Haus.

»Gute Nacht, Cora, zum zweiten Mal heute.«

»Gute Nacht, Amy.«

Cora erwachte am nächsten Morgen durch aufdringliches Vogelgezwitscher vor ihrem Fenster. Den kleinen gefiederten Störenfried kannte sie bereits, und wie auch schon an so manch anderem Tag schien er alles daranzusetzen, sie aus ihrem Schlaf zu holen. Sie zog sich die Decke über den Kopf. Wie spät war es? Wann waren die Davingtons in der vergangenen Nacht angekommen? Sie drehte sich auf die Seite und schielte unter der Decke hervor. Draußen war es schon hell, die Sonne bereits hoch am Himmel. Also war es wohl schon später am Morgen. Sie stöhnte. Dann musste sie lächeln. Wohlig streckte sie sich unter der Decke. Wenn gerade keine Katastrophe die nächste jagte, ließ es sich hier immer noch gut aushalten.

Von der Küche her zog frischer Kaffeeduft bis in ihr Zimmer und lockte sie aus den Federn.

Valeska werkelte bereits wieder in der Küche herum.

»Oh, Cora, guten Morgen. Hast du gesehen, die Davingtons sind wieder da.«

»Guten Morgen, Valeska. Ja, ihre Ankunft heute Nacht war nicht zu verpassen.«

Valeskas Gesicht verdunkelte sich etwas. »Ich war heute Morgen schon im Dorf. Also man hört da ja Sachen …«

»Was denn?«, wollte Cora wissen.

»Na ja, Madame Chevalier soll die Leitung des Château de Mérival in die Hände von Pierre Mergot gegeben haben. Also … solange Robert es nicht machen kann.«

Cora zog scharf die Luft ein. »Das wird ihr noch leidtun. Ich glaube nicht, dass das in Roberts Sinn ist. Warum übergibt sie sie nicht Lucas? Der wäre wohl wesentlich besser geeignet als …« Cora schlug sich die Hand vor den Mund. Jetzt hatte sie sich verplappert.

Valeska drehte sich überrascht zu ihr um. »Du kennst Lucas?«

»Ja, ich … Das war ein Zufall … Also kennen wäre auch übertrieben. Ich denke nur, wenn es doch einen zweiten Sohn gibt, bestünde doch keine Not, das Château in fremde Hände zu geben.«

»Oh, das ist ein ganz schwieriges Thema, Mädchen, ganz schwierig. Lucas ist ja schon lange fort. Und ich glaube nicht, dass Catherine Chevalier noch Kontakt zu ihm hat.«

»Warum hat sie ihm eigentlich den Rücken zugekehrt? Man jagt doch nicht sein … behindertes Kind … aus dem Haus.«

»Ach Cora, das war eine ganz schwere Zeit damals. Wir hatten um die Jungs ja alle Angst. Du weißt von dem Unfall?«

Cora zuckte mit den Schultern. »Ja, Pascal hat mal was angedeutet«, flunkerte sie.

Valeska senkte traurig den Blick. »Dass dieses Mädchen dabei ums Leben kam, war ganz tragisch. Alle gaben unserem Pascal die Schuld. Er litt sehr unter den Anschuldigungen. Catherine Chevalier hatte damals alle gegen ihn aufgewiegelt. Pascal war zu der Zeit oft hier in den Ferien, er war ja von Kindesbeinen an mit Robert befreundet.«

»Das ist schon traurig.«

»Ja«, sagte Valeska und seufzte.

Cora saß grübelnd vor ihrem Kaffee. Das Croissant, das Valeska ihr hingelegt hatte, rührte sie nicht an, auch wenn es einen feinen Buttergeruch verströmte. Sie hatte keinen Appetit.

»Will Mergot denn jetzt auf dem Château trotzdem bauen? Ich meine, wenn das stimmt, was Maxime gesagt hat, dann wollte Robert das ja nun doch verhindern.«

»Ich weiß es nicht. Aber wenn … wenn Robert vielleicht gar nicht wieder gesund wird? Ich befürchte, dann hätte Mergot freie Hand.«

Cora ging nach dem Kaffee hinaus und in Richtung der Weinfelder. Amy und Maxime waren schon in der Früh aufgebrochen. Cora musste lächeln. Dafür, dass Amy sich vom anstrengenden Selbstversorgerleben erholen wollte, packte sie hier aber tüchtig mit an. Auch das Wohnmobil der Davingtons war schon vom Hof verschwunden. Wahrscheinlich hatten sie es schon zu ihrer Parzelle zwischen den Rebstöcken bugsiert.

Cora hatte gerade einen Augenblick in der Sonne innegehalten und die würzige Morgenluft eingeatmet, als ihr Handy in der Hosentasche vibrierte. Vielleicht Sherine wegen des Artikels? Oder Ivy? Sie hätte ihre Freundin in London mal anrufen sollen. Doch es war Lucas' Nummer auf dem Display. Cora stockte der Atem. Hoffentlich hatte er keine schlechten Nachrichten.

»Hallo?«

»Hallo, Cora. Ich bin es, Lucas.«

»Hi.«

»Ich wollte mich nur mal melden und Bescheid sagen, dass es bei Robert leider unverändert aussieht. Aber die Ärzte meinen, dass das kein schlechtes Zeichen sein muss.«

»Hm, schade. Ich hatte so auf gute Nachrichten gehofft.«

»Ja, ich auch. Tut mir leid, dass ich nichts Besseres berichten kann. Und bei euch da oben auf dem Land? Weißt du … wie es meiner Mutter geht?« Seine Stimme wurde zum Satzende leiser.

»Nein, ich habe keinen Kontakt zum Château. Valeska berichtete aber, dass man im Dorf erzählt, deine Mutter habe die Leitung des Châteaus zunächst an Mergot übertragen.«

»Die ist doch verrückt.« Lucas war nicht lauter geworden dabei, eher hörte man Resignation in seinem Ton.

»Ja, ich denke auch, dass das der falsche Weg ist. Wer weiß, was der da jetzt so treibt. Schade, dass du nicht einspringen kannst.«

»Nun, ganz allein wäre mir das auch gar nicht möglich.«

»Na ja, Franco ist ja auch noch da, und überhaupt würden dir sicher einige Leute zur Seite stehen.«

»Cora, lass gut sein. Ich bin mit dem Thema Château de Mérival seit langem durch. Es war Roberts Ding.«

»Na gut. Meldest du dich bitte, wenn du etwas Neues von Robert hörst?«

»Ja, natürlich.«

Sie hörte, wie er bei diesen Worten lächelte.

»Danke.«

»Dann bis dahin, Cora.«

»Ja, mach's gut.«

Cora empfand diese ganze Situation mehr als unbefriedigend. Mit einem leichten Schnauben ging sie weiter. Warum machten es alle nur so kompliziert, wenn die Lösung für das Château de Mérival doch eigentlich auf der Hand lag?

Das Wohnmobil der Davingtons stand wieder auf seinem Platz. Jetzt, da die Weinreben dunkelgrüne Blätter trugen, sah es noch mehr wie ein gestrandeter Eisberg aus. Cora bemerkte im Vorbeigehen, dass an den Rebstöcken schon dicke Trauben hingen. Ob sie die Weinlese noch erleben würde, oder würde sie dann schon wieder in ihrer Wohnung in London sitzen? Eigentlich trieb sie nichts zurück in die Großstadt. Sollte sie vielleicht ihre Zelte dort abbrechen? Sie hatte sich ihre Abreise von der Domaine diesmal offengelassen. Langsam müsste sie mal Kostgeld an Maxime zahlen. Ihren freien Aufenthalt hier hatte sie ja bei ihrem ersten Besuch schon aufgebraucht. Sie bekam ein schlechtes Gewissen, nicht eher daran gedacht zu haben. Immerhin könnte er das Gästezimmer ja auch an einen zahlenden Gast vermieten. Andererseits wusste sie von Pascal, dass Maxime es nicht mochte, wenn sich Fremde auf der Domaine einmieteten. Genaugenommen war sie ja auch fremd. Sie sollte dringend mit ihm darüber reden.

Am Wohnmobil angekommen, erblickte sie die Davingtons glücklich davorsitzend, sehr leicht bekleidet, wie sie es schon von ihnen kannte. Doch das störte sie kaum noch. Sie hatte die beiden inzwischen liebgewonnen und war froh, dass sie auch wieder auf der Domaine waren.

»Cora, wie schön, Sie zu sehen. Tut uns leid, dass wir heute Nacht alle geweckt haben. Kommen Sie, setzen Sie sich. Eistee?« Mrs. Davington freute sich sichtlich.

»Erzählen Sie mal, ich habe von Valeska gehört, es gab einen Unfall?«

Cora seufzte. »Ja, leider.« Sie nahm an dem kleinen Campingtisch der Davingtons Platz und berichtete von den Geschehnissen der vergangenen Woche.

8

Cora hörte bereits bei ihrer Rückkehr auf der Terrasse, dass Pascal wieder da war. Seine Stimme erklang aus der Küche. Sie straffte sich. War er ihr wegen des gefundenen Zeitungsartikels noch böse? Fast zaghaft trat sie ein.

Pascal sah kurz zu ihr hin. »Bonjour.«

»Hi.«

Er wandte sich zur Tür. »Ich geh mich mal frisch machen.«

Valeska, die gerade noch mit ihm geredet hatte, ließ ihren Blick zwischen Cora und ihm hin- und herhuschen. Als er im Flur verschwunden war, fixierte sie Cora. »Habt ihr euch gestritten?«

Cora zuckte mit den Schultern. »Nein, nicht direkt.«

»Hm.«

Cora nahm sich einen Kaffee und nutzte die Zeit, um sich etwas zu sammeln. Sie musste mit Pascal reden. Sie wollte nicht, dass ihretwegen Unfriede im Haus herrschte.

Als er in die Küche zurückkam, verzog sich Valeska, die ein feines Gespür hatte, unter einem Vorwand nach draußen.

Cora nahm all ihren Mut zusammen. »Hey, bist du noch sauer auf mich?«

Er sah sie mit seinen braunen Augen an. Cora durchfuhr ein Kribbeln, obwohl sie sich geschworen hatte, sich von ihm nicht mehr fesseln zu lassen, und versuchte, diesem Blick standzuhalten.

»Ein bisschen.« Er holte sich auch einen Kaffee.

»Es tut mir wirklich leid, dass ich spioniert habe. Die Zeitung habe ich zufällig bei der Recherche gefunden, und … hier hat ja niemand drüber geredet, was damals passierte.«

»Das hat auch seinen guten Grund«, erwiderte er und sah sie jetzt eindringlich an. »Ich habe dir gesagt, dass du das Thema ruhen lassen sollst.«

»Mach ich ja auch. Ich will nur nicht, dass diese Geschichte unser Verhältnis belastet.«

Er schmunzelte nun. »Unser Verhältnis?«

»Du weißt genau, was ich meine.«

»Sind die Camper wieder da? Ich hab was Weißes im Wein gesehen.«

»Ja, sie sind heute Nacht angekommen.«

Pascal nickte. »Dann ist es ja hier momentan gut besucht.«

»Das ist auch noch so was, was ich ansprechen wollte. Denkst du, ich sollte Maxime nicht so langsam mal Kost und Logis bezahlen?«

»Wenn du willst. Er wird es nicht annehmen wollen, da warne ich dich gleich.«

»Ja, das habe ich auch so eingeschätzt. Aber dennoch … Ich werde ja noch ein bisschen hierbleiben müssen.«

Sein Blick wurde fragend.

»Na wegen dem Inspecteur. Der ist ja mit seinen Ermittlungen noch nicht fertig und …«

»War der schon wieder hier?«

»Ja, gestern, und Catherine Chevalier beschuldigt nun wohl deinen Onkel.«

»Ach, die spinnt doch.«

Cora legte den Kopf etwas schief. »Irgendwer muss es ja gewesen sein. Die Kette hat sich wohl nicht allein um den Balken gelegt.«

Pascals Augen funkelten. »Vielleicht war der liebe Herr Chevalier auch selbst so dumm und hat das Ding vergessen.«

Cora zuckte vor dieser Reaktion zurück. Pascals Ton war scharf geworden. »Kann … kann natürlich auch sein. Wie auch immer, der Inspecteur will der Sache weiter auf den Grund gehen, und solange sollen wir uns alle zur Verfügung halten.«

»Ich muss trotzdem arbeiten, ob ihm das genehm ist oder nicht. Ich kann nicht die ganze Zeit hier sitzen und warten, bis er eine Frage hat, zumal ich an dem Tag gar nicht hier war.«

»Um Robert tut es mir leid«, sagte Cora leise.

Pascal zuckte mit den Schultern. »Ich gehe jetzt mal Maxime suchen.«

»Ich glaube, er ist auf den Feldern zum Wald hin. Amy ist bei ihm.«

Über Pascals Lippen huschte ein angedeutetes Lächeln. »Ja, da fragt man sich, wer hier was gewonnen hat.«

»Das mit Amy war Absicht, oder? Du hast sie ausgewählt, weil du dachtest, dass sie vielleicht gut zu Maxime passt?«

»Das hat das Los entschieden.«

»Was ist mit mir? Hat das Los bei mir entschieden, weil du Mitleid mit einer arbeitslosen Journalistin hattest oder weil … du …?«

Er machte Anstalten, das Haus zu verlassen. »Cora, manchmal sollte man das Schicksal nicht hinterfragen.«

Als er über die Terrasse verschwand, streckte Cora ihm die Zunge raus. Manchmal konnte er ganz schön doof sein. Und sie beschloss, dass es vielleicht auch besser wäre, wenn sie daran glaubte, dass er sie wegen des Stückes Land hatte gewinnen lassen, da es ja vielleicht ein lukrativer Gewinn werden könnte. Dass er sie hierhergelotst hatte, um mit ihr ein paar heiße Nächte zu verbringen, war zwar auch reizvoll, behielt aber einen bitteren Beigeschmack.

Am Abend beschlossen Cora und Amy, noch einen Spaziergang zu machen. Cora fühlte sich in Amys Nähe wohl, und ihre besonnene Art beruhigte sie. Cora wählte den Weg über die Einfahrt der Domaine in Richtung Wald. Von der kleinen Straße ging es über einen Schotterweg zu einem Pfad, der zum Wald führte. Dieser schmale Pfad war von vielen lila und roten Blumen gesäumt, die ihre Köpfe allerdings inzwischen etwas hängen ließen. Zwei große bunte Schmetterlinge begleiteten die beiden ein Stück und flatterten direkt vor ihnen her.

»Hast du dich mit Pascal wieder vertragen?« Mit dieser Frage brach Amy irgendwann das Schweigen.

»Ja, ich glaube.«

»Gut. Aber du hast ihm nicht erzählt, dass du in Bordeaux bei Robert warst?«

»Nein. Ich glaube, das sollte er auch erst mal nicht wissen.«

»Okay. Ich … ich hab heute nur so überlegt, wie es hier wohl weitergehen soll. Ich meine … wir sind ja zusammen hier, und … ich weiß ja nicht, wie lange du noch bleiben willst.« Amys Stimme hörte sich nachdenklich an.

»Du willst noch hierbleiben, oder?«

Amy lächelte. »Ja. Es ist wunderschön hier und … Maxime hat schon gefragt, ob ich vielleicht sogar bei der Weinlese helfen will.«

»Also daher weht der Wind.« Cora grinste. Derweil hatten sie den Waldrand erreicht. Zwischen den Bäumen stand noch die warme Luft des Tages. Es roch nach Erde und Holz.

»Wir verstehen uns halt sehr gut.«

»Das habe ich auch schon gemerkt.«

»Nun, es ist ja nicht so, dass es für mich verlockend wäre, wieder nach Partridge Green zurückzukehren. Also ich mag meinen Bauwagen schon, aber hier ist das Klima doch um einiges besser. Und vielleicht … Ach, vielleicht wäre ein Ortswechsel ja auch mal ganz gut für mich. Ich sollte so langsam mal wieder etwas mehr ins Leben einsteigen.«

»Und du meinst, hier gäbe es Möglichkeiten für dich?«

»Hm, kommen doch viele Touristen her. Ich könnte auch hier Seminare abhalten und das vielleicht sogar irgendwie mit dem Wein koppeln. Die Weinpflanze an sich ist ja auch sehr vielfältig.«

»Aber wenn Maxime die Domaine letztendlich doch verliert? Ich meine, noch ist das ja alles nicht gesichert. Ihr habt ja nur einen Aufschub bei der Bank errungen.«

»Ja eben. Vielleicht könnte ich sogar noch meinen Beitrag leisten, um ihm zu helfen. Wenn es wirklich so weit kommen würde … O mein Gott, ich glaube, der Mann würde daran zerbrechen.«

»Ja, da magst du recht haben. Pascal meinte zwar, sein Onkel würde damit irgendwie zurechtkommen, aber vorstellen kann ich mir das nicht.«

»Also geben wir alles daran, die Domaine zu retten, oder?« Amy hakte sich bei Cora unter.

»Und am besten das Château de Mérival gleich mit. Dann wäre hier wieder Frieden.«

Beide kicherten ein wenig. Die Idee war gut. Aber ob sie wirklich etwas tun konnten?

Als sie im großen Bogen den Wald durchquert hatten, traten sie in der Nähe der Pferdekoppeln der Chevaliers wieder ins freie Land. Hier spürte man die nahende Nacht schon an der deutlich kühleren Luft.

»O weh!« Cora hielt ruckartig inne. »Ich glaube, Amy, da haben wir uns aber ganz schön was vorgenommen. Schau!« Sie zeigte in Richtung des Châteaus. Auf der Koppel, wo sonst Roberts Stuten grasten, stand nun wieder ein großer gelber Bagger.

»Ach du meine Güte!«, stieß auch Amy aus.

Wie ein gefährliches und drohendes Wesen hatte sich seine Schaufel ein Stück in den Boden gegraben, als wollte die Maschine allen zurufen: Hier habe ich jetzt das Sagen.

Cora spürte, wie Amys Griff an ihrem Arm fester wurde.

»Von Mergot dürfen wir uns nicht einschüchtern lassen!«

9

Die Davingtons überbrachten am nächsten Morgen die Botschaft der beginnenden Bauarbeiten, noch bevor Maxime in die Felder gegangen war.

»Da geht irgendetwas vor sich.« Mrs. Davington deutete mit fast ängstlichem Blick in die Richtung des Châteaus. »Dort unten, wo sonst die Pferde standen, sind vorhin die ersten Arbeiter angekommen, mit Transportern und Baumaschinen.«

»Also macht Mergot wirklich Ernst.« Maxime schüttelte den Kopf.

Cora sah hilfesuchend zu Amy. Diese war aber mit den Gedanken anscheinend ganz woanders.

»Tja, da können wir wohl erst mal nichts machen.« Maxime erhob sich und verließ grußlos das Haus. Die Nachricht hatte ihn aber sichtlich mitgenommen.

Cora ging nach dem Frühstück wieder auf ihr Zimmer. Ihre Stimmung war auf den Nullpunkt gesunken. Beim Abrufen ihrer E-Mails fand sie eine Nachricht vom *So-Far-Travel-Magazine*. Sie zögerte. Würde da vielleicht auch noch eine niederschmetternde Beurteilung ihres Artikels zu lesen sein? Sie seufzte. »Hilft ja nichts!«, sagte sie halblaut zu sich und öffnete die E-Mail. Die Nachricht war nicht niederschmetternd. Ihr Artikel gefiel, und man würde sich freuen, wenn sie die Reihe weiterschreiben würde. Es war ein mittelgroßer Stein, der ihr vom Herzen fiel. Schnell tippte sie eine Antwort, dass sie sich freue und einen zweiten Artikel gerne in Angriff nehme, und verschickte die Mitteilung. Wenigstens hatte sie somit noch ein paar Wochen einen Job und brauchte sich keine großen Sorgen zu machen.

Sie klappte ihren Laptop wieder zu und ließ sich auf ihr Bett fallen. Was sollte sie jetzt tun? Hier herumzusitzen und zu warten war auch keine Lösung. Sie könnte auch gleich mit der Arbeit am nächsten Artikel beginnen. Für den Fall, dass sie weiterschreiben durfte, hatte sie sich vorgenommen, die Kirchen der Dörfer miteinzubeziehen. Viele waren jahrhundertealt und bargen sicherlich die ein oder andere spannende Geschichte oder gaben zumindest reizvolle Fotomotive ab.

Wenig später saß sie in ihrem Auto und fuhr in Richtung des kleinen Ortes Saint-Vivien. Sie brauchte inzwischen nicht mehr auf die Hinweisschilder zu achten. Und sie hatte auch schon ein Gespür dafür, wo sie den Fuß vom Gas nehmen musste, da in der Straße ein paar unschöne Schlaglöcher waren. Sie fuhr an einigen Bauernhöfen vorbei, an die sie sich gut erinnerte und die sich mit ihren sandsteinfarbenen Wänden, vor denen inzwischen unzählige Sommerblumen blühten, zumeist in kleine Baumgruppen kauerten, welche die Dächer beschatteten. Auch sah sie wieder die Kühe, die jedoch nun im Schatten der Büsche ruhten. Aber ihr fiel auf, dass es wesentlich mehr Menschen gab. Touristen mit Fahrrädern und Wanderrucksäcken zogen die Straßen entlang. Es war inzwischen Hauptsaison, am Strand würde es wohl voll sein.

In Saint-Vivien war es dann überraschend ruhig. Einige Tauben liefen pickend auf dem Kirchplatz und flogen auf, als sie aus ihrem Wagen stieg. Sie schlenderte an dem Gebäude entlang. Dann betrachtete sie sich das runde romanische Kirchenschiff. Hier hatte sie auch bei ihrem ersten Besuch gestanden und war dann prompt auf Robert gestoßen. Verstohlen sah sie die Straße hinunter, wo sie mit ihm einen Kaffee getrunken hatte. Ein leichter Stich durchfuhr sie. Schnell ging sie ein paar Schritte weiter. Nahe dem Portal der Kirche gab es einige Bänke, die von kleinen Bäumen beschattet wurden. Sie setzte sich und ließ ihren Blick wieder über das Gebäude wandern. So schön diese Kirche auch war mit ihrem aus Sandstein erbauten Schiff, der Turm war moderner gehalten und weiß getüncht, wobei die Farbe an einigen Stellen aufgrund der Witterung ins Rötliche ging.

Ein älterer Herr kam langsam auf einen Stock gestützt von der anderen Seite des Kirchenvorplatzes auf sie zu. Er schaute sich kurz um und fixierte dann die Bank, auf der Cora saß. Sie musste lächeln. So ungefähr lief das in ihrem Heimatdorf auch ab.

»Darf ich mich zu Ihnen setzen?«, fragte er.

»Natürlich, gerne«, antwortete Cora höflich.

»Oh, Engländerin?«

»Ja.«

Schwerfällig setzte er sich neben sie und lächelte ebenfalls. »Und gefällt es Ihnen hier bei uns?«

»Ja, sehr.«

»Sind Sie wegen dem Wein hier oder wegen dem Meer?«

Cora musste lachen. »O, wegen beidem, denke ich.«

Der Mann nickte und schwieg einen Augenblick, dann fragte er: »Machen Sie Camping, oder wohnen Sie in einem Hotel?«

Er war ganz schön neugierig, befand sie im Stillen, aber sie antwortete dennoch. »Ich wohne auf einer Domaine hier in der Gegend.«

»Ah, gut, gut. Bei den Geralds oder den Fenesteres?«

»Weder noch, bei den Levalls in der Nähe von Grayan-et-l'Hôpital.«

»Ah, beim guten alten Maxime.« Der Mann klopfte sich mit einer Hand auf eins seiner Knie.

Warum wunderte es Cora jetzt nicht, dass er die Levalls kannte? Auf dem Land kannte eben jeder jeden. »Ja. Es ist sehr schön da.«

»Wenn da nicht nebenan dieser böse Unfall neulich gewesen wäre. Den jungen Chevalier hat es ganz schön erwischt. Meine Tochter hat mir das erzählt.«

»Ja, furchtbar. Ich habe auch davon gehört.« Cora hatte beschlossen, möglichst einen unbeteiligten Eindruck zu machen.

»Wie man hört, soll bei den Chevaliers gebaut werden? Ein Hotel? Na ja, Campingplätze haben wir ja auch nun schon genug.« Er lachte leise vor sich hin.

»Ja, das habe ich auch gehört, und angeblich beginnt man jetzt auch mit den Bauarbeiten«, bemerkte Cora.

»Schade um das schöne Château. Wissen Sie«, er drehte sich etwas zu Cora hin, »manche meinen ja, man muss dem Modernen Raum geben. Ich hab … Ich mag es, wie es war. Früher, als ich jung war, da gab es hier auch noch keine Autos, da hatte man noch

Eselskarren. Alle halfen sich gegenseitig. Als Junge war ich sogar ein paarmal bei den Levalls und half bei der Weinlese. Dafür hat man damals noch keine Ausländer geholt.« Er grinste und entblößte einige Zahnlücken. »Die jungen Männer waren bei den Levalls ja immer gerne wegen der hübschen Tochter«, fügte er zwinkernd hinzu.

»Die Schwester von Maxime?« Cora wurde neugierig.

Der alte Mann lachte. »O nein, der war damals ja noch gar nicht auf der Welt. Kindchen, ich bin sechsundneunzig Jahre alt, meine jungen Jahre sind schon etwas länger her. Es war die Mutter von Maxime Levall. Sie war ein hübsches Ding damals, und alle jungen Männer aus den Dörfern lagen ihr zu Füßen.«

»Ach, was Sie nicht sagen.«

»Aber die hat ja später einen Winzer aus Arces geheiratet. Doch man munkelte so einiges.«

»Na, das müssen Sie mir aber jetzt auch noch erzählen«, versuchte Cora, den Mann zu ermutigen weiterzureden.

Er grinste verschmitzt. »Hm, ja also, der Knabe der Chevaliers hatte wohl auch ein Auge auf sie geworfen.«

Cora musste im Kopf zurückrechnen. Wenn das alles gut achtzig Jahre her war, war es wohl der Großvater von Robert gewesen, von dem der Mann gerade sprach.

»Ich will gar nichts mehr sagen. Ich muss nun auch weiter. Auf jeden Fall mögen sich die Familien seit damals nicht mehr.« Er erhob sich und zuckte einmal mit den Schultern. »Kein Wunder also, dass sie, wie man hört, auch heute noch streiten.« Er zog seine Mütze vom Kopf. »War mir eine Ehre, Madame. Haben Sie noch eine schöne Zeit hier bei uns im Médoc.«

»Auf Wiedersehen. War nett, mit Ihnen zu plaudern.« Cora winkte dem Mann nach, verschränkte dann die Arme vor der Brust und musste grinsend den Kopf schütteln. Das Getratsche in einem Dorf war nicht zu unterschätzen. Maximes Stimme hallte in ihren Gedanken wider: »Das geht hier ja nicht erst seit gestern so.« Der Grund dieses erbitterten Streites schien ja noch weiter zurückzugehen, als sie vermutet hatte. In ihr wallte journalistisches Gespür auf. Vielleicht fand sie darüber noch etwas heraus. Und sie wusste auch schon, wo sie suchen konnte.

10

Der hinter seinem Tisch mit den Karteikästen sitzende Bibliothekar sah Cora verwundert an, als diese sich wieder durch die Tür schob.

»Oh, bonjour. Die englische Journalistin. Kann ich Ihnen noch einmal behilflich sein?« Er stand sogar auf, um sie zu begrüßen.

Cora reichte ihm freundlich die Hand. »Bonjour. In der Tat können Sie mir noch einmal behilflich sein. Haben Sie alte Gemeindebücher oder etwas Ähnliches? Ich bekam einen Tipp, dass es dort viele alte Fotografien gäbe und auch so manche alte Geschichte über die Weingüter der Gegend. Ich wollte meinen Artikel gerne noch etwas persönlicher gestalten.«

»Oui, wir haben ein Archiv, aber ich weiß natürlich nicht, ob Sie dort finden, wonach Sie suchen.« Er bewegte sich in Richtung Kellereingang. Dort unten war Cora schon einmal gewesen, als sie nach einem alten Zeitungsartikel zu dem Unfall von Pascal und Robert gesucht hatte. Fast hatte sie ein schlechtes Gewissen, jetzt schon wieder in der alten Familiengeschichte herumzuschnüffeln.

Der Bibliothekar führte sie diesmal in einen anderen Kellerraum. Hier war es etwas geordneter als in dem vom letzten Mal, aber dafür hingen noch mehr dicke Spinnweben über den Akten und Kisten, und der Staub war im ganzen Raum gut einen Zentimeter dick.

»Schauen Sie sich in Ruhe um.« Er blickte auf seine Armbanduhr. »Ich mache in einer Stunde Mittag.«

»Ich beeile mich«, versicherte Cora sofort.

»Schauen Sie in Ruhe, ich kann die Tür oben auch auflassen. Hier klaut niemand was.«

»Danke.«

»Viel Glück.«

Der Mann begab sich mit behäbigen Schritten wieder nach oben.

Cora schaute sich um. Sie brauchte Unterlagen aus den dreißiger Jahren. Sie begann die ganzen Akten zu beäugen. Dann nahm sie eine heraus und schlug sie auf. Verwundert bemerkte sie, dass es sich in der Tat um ein regelrechtes Gemeindearchiv handelte. Das ließ hoffen.

Sie vergaß in dem muffigen Keller die Zeit. Immer wieder tauchten in den Akten die Namen Levall und Chevalier auf. Ein Landverkauf hier, ein Landzukauf dort, eine Kirchenspende der Chevaliers, eine besondere Weinprämierung der Levalls. Sie blätterte weiter und fand eine alte Fotografie, auf der Catherine Chevalier als junge Frau abgebildet war und dahinter ein Paar. Ihre Eltern? Leider gab es keine weiteren Hinweise. Es ging um eine besonders gute Ernte im Jahr 1963. Sie musste noch viel weiter zurück. Diese Familien hatten über viele Jahrzehnte das Geschehen in der gesamten Gegend geprägt und mitgestaltet. Was ihnen die anderen Bewohner an Respekt und Treue dankten, honorierten sie mit einem großzügigen Einsatz für die Gemeinde. Ein David Chevalier hatte sogar der Kirche direkt nach dem Krieg neue Bänke gespendet. Damals mussten die Besitzer der beiden Weingüter wohl wirklich noch betuchter gewesen sein. Die Informationen aus den Jahren des Zweiten Weltkriegs waren dürftig. Wahrscheinlich hatte damals niemand die Muße gehabt, das Archiv zu pflegen. Erst vor Ende 1939 wurde es wieder mehr, und es wurde aufschlussreicher. Hier waren in den Gemeindebüchern auch alle Heiraten, Geburten und Todesfälle vermerkt. Cora durchforschte Liste um Liste nach den Namen Levall und Chevalier. Im Frühjahr 1939 war die Hochzeit eines Gaston Chevalier mit einer Arnett Sovibon registriert. Waren das Roberts Großeltern, die Eltern von Catherine? Cora hielt inne und überlegte, wie alt Roberts Mutter wohl sein mochte. Sie tippte auf Ende sechzig. Dann griff sie noch einmal zu den Akten, die direkt nach dem Krieg angelegt worden waren. Und in der Tat landete sie einen Treffer. Arnett und Gaston Chevalier hatten im Mai 1949 eine Tochter mit dem Namen Catherine bekommen. Ungewöhnlich spät im Verhältnis zur Hochzeit, aber der Krieg hatte sicher auch hier nicht haltgemacht. Vielleicht war Gaston Chevalier auch beim Militär gewesen? Cora schaute noch mal in die dünnen Akten der Kriegsjahre. Eine wollte sie schon wieder beiseitelegen, als ihr auffiel, dass auf der letzten Seite noch einige Sterbefälle registriert waren, eine Heirat und vier Geburten. Da stand der Name Levall, allerdings nicht wie auf den anderen Listen mit dem Namen beider Elternteile, sondern nur: Sofia Levall – Geburt eines Sohnes 17. September 1944. Das war mitten in den Kriegsjahren. Ob das Maxime war? Maxime hatte noch eine Schwester, aber die musste in Anbetracht von Pascals Alter jünger sein als er selbst. Warum gab es keinen Vater? Hatte der alte Herr nicht gesagt, die Tochter der Levalls habe einen Winzer aus Arces geheiratet? Cora fluchte und überlegte. Dann sah sie noch mal in die Akten der Nachkriegsjahre.

Plötzlich stand es da, schwarz auf weiß – Eheschließung Sofia Levall mit Réne Burmais 1950. Das waren ganze sechs Jahre nach der Geburt des Sohnes. Ein Jahr später war die Geburt einer Tochter verzeichnet. Dass der Familienname der des Weinguts blieb, war nicht ungewöhnlich. Das hatte sie bei der Recherche zu ihrem Artikel des Öfteren gelesen.

Cora musste das einen Augenblick auf sich wirken lassen. War Maxime Levall als uneheliches Kind geboren? Das war zu der Zeit und in Anbetracht der Stellung der Familie sicherlich ein Drama gewesen. War vielleicht – Cora mochte den Gedanken gar nicht zu Ende denken – gar Gaston Chevalier der Vater, der aber damals schon verheiratet gewesen war?

Je länger sie darüber nachdachte, desto mehr wurde ihr bewusst, dass das wohl noch viel schlimmer gewesen wäre als ein alter Fehdehandschuh und sicherlich zu einer dramatischen Entzweiung beider Familien geführt hätte. Ruckartig klappte sie die Akte zu. Jetzt war sie mit ihrer Schnüffelei wohl deutlich zu weit gegangen. Wenn ihre Vermutung stimmte, stand zwischen Catherine Chevalier und Maxime Levall wohl deutlich mehr als nur der Streit um das Land.

Cora war ganz schwindlig von dieser Entdeckung. Eilig verließ sie die Bibliothek, nachdem sie dem Bibliothekar ein hastiges »Danke! Ich habe alles gefunden.« zugerufen hatte. Draußen machte sie ein paar eilige Schritte, um dann stehen zu bleiben und einmal tief durchzuatmen. Sie hätte diese Bibliothek nicht betreten sollen, weder, als sie den Zeitungsartikel suchte, noch jetzt. Warum war sie auch so chronisch neugierig? Schimpfend mit sich selbst lief sie zum Auto.

Als Cora auf den Hof der Domaine fuhr, verschwand die Sonne bereits halb hinter dem Wald, und im warmen Rot des Abendlichts begannen die Grillen laut zu zirpen. Sie musste dauernd daran denken, wie es wohl vor siebzig oder achtzig Jahren hier zugegangen war. Immer wieder tauchte vor ihrem inneren Auge das Bild einer schwangeren jungen Frau auf. Sie schüttelte den Kopf, um es loszuwerden. Genau wusste sie ja nicht, ob ihre Vermutung richtig war, aber wenn … Das wäre wohl heute noch ein Skandal. Sie konnte ja schlecht irgendeinen der Beteiligten fragen. He, Maxime, bist du eigentlich der uneheliche Halbbruder von Catherine? Da könnte sie sich ja gleich ihr eigenes Grab schaufeln. Sie musste sorgsam dieses Wissen für sich behalten, ebenso wie sie schon das Wissen um Lucas in sich trug. Langsam machten ihre ganzen Geheimnisse ihr selbst etwas Angst.

Auf der Terrasse fand sie ein friedliches Bild vor. Maxime, Amy, die Davingtons sowie Pascal und Valeska saßen am großen Tisch beim Essen. Etwas abseits brannte ein Grillfeuer, und darüber lagen auf einem Rost noch ein paar Fische.

»Cora, da bist du ja. Hast du Hunger?« Valeska winkte sie an den Tisch.

»Guten Abend zusammen.«

Pascal war wieder der Erste, der neugierig war. »Wo hast du den ganzen Tag gesteckt?«

»Ich war in Saint-Vivien. In meinem nächsten Artikel möchte ich über die Dörfer hier in der Gegend schreiben.«

»Das ist schön«, kommentierte Valeska, die Cora gerade einen großen Fisch auf einen Teller legte.

Amy hob ihr Weinglas und prostete Cora zu. »Du solltest vielleicht auch etwas über die besonders sehenswerte und schützenswerte Natur dieser Gegend schreiben.«

Cora verstand nicht, was Amy ihr sagen wollte. »Ein Hoch auf die Natur?« Fragend sah sie Maxime an.

Dieser lächelte kurz, dann drehte er sich zu Amy und legte ihr eine Hand auf die Schulter. »Ja, Amy hat recht. Und sie hat ein gutes Auge.«

»Was ist los? Ich versteh kein Wort«, sagte Cora und setzte sich an den Tisch.

Pascal goss ihr etwas Wein ein und erhob dann selbst sein Glas. »Amy hat neulich am Abend eine seltene Eule gesehen. Sie ist aktive Tierschützerin, und da hat sie heute Mittag beim … wie heißt diese Organisation? … angerufen.«

Amy grinste. »Die International Union for Conservation of Nature and Natural Resources, und die haben sich sehr gefreut, dass ich hier als aufmerksame Touristin eine Zwergohreule gesehen habe. Und sie waren sehr besorgt, als ich ihnen mitteilte, dass genau an dieser Stelle gerade eine Großbaustelle entsteht. Ich glaube, man wird sich bemühen, dass diese kleine Eule ihren Sommer hier in Ruhe und Frieden verbringen kann, und Mergot wird sich hoffentlich wieder schwarzärgern. Cheers!«

»Zwergohreule? Ist das dein Ernst?«

Amy nickte und hob eine Hand zum Schwur. »Ehrenwort, ich hab sie gesehen.«

Cora prustete vor Lachen los. »Na, das sind ja mal gute Nachrichten.« Dabei bemerkte sie, wie Mr. Davington das Gesicht verzog. »Nicht?« Sie sah ihn fragend an.

»Amy meint, es wäre besser, unser Wohnmobil hier oben auf dem Hof zu parken, solange diese Naturschutzleute das mit der Eule prüfen. Also ich hab da ja noch keine Eule gesehen oder gehört, aber wenn es denn sein muss, bleiben wir mit unserem Wagen auch gerne erst mal hier.«

Pascal nickte ihm grinsend zu. »Sie werden es einige Zeit verschmerzen, und ich verspreche Ihnen, wenn das durch ist, lege ich Ihnen auch endlich Strom bis zu ihrem kleinen Weinberg.«

11

Das Erste, was Robert spürte, war ein stechender Schmerz in seinem Brustkorb und dass ihm das Atmen unsäglich schwerfiel. Nach und nach wurde ihm bewusst, dass irgendetwas in seinem Hals steckte. Panisch versuchte er, die Augen zu öffnen, aber die wollten ihm nicht recht gehorchen. Er nahm all seine Willenskraft zusammen und schaffte es, seine Augenlider zu öffnen. Grelles Neonlicht ließ ihn sogleich blinzeln. Was war nur mit ihm passiert? Er versuchte trotz des grellen Lichtes, einen klaren Blick zu bekommen. Dann bemerkte er, dass er sich nicht wirklich bewegen konnte. Er versuchte, seine Augen so weit nach unten zu drehen, dass er an seiner Nase vobeischielen konnte. Aus seinem Mund ragte ein komischer Schlauch, und er hörte, wie Luft darin hin- und hergepustet wurde. Sein

Blick wanderte wieder zur Decke. Das Licht der Lampe war jetzt schon nicht mehr so schmerzhaft. Neben ihm gab irgendetwas ein hektisch piependes Geräusch von sich. Wenige Sekunden später tauchte ein Gesicht über ihm auf. Es war eine dunkelhaarige Frau mittleren Alters, und sie trug unverkennbar einen Arztkittel.

»Monsieur Chevalier? Können Sie mich verstehen?«

Robert wusste im ersten Moment nicht, wie er sich verständlich machen sollte. Er fühlte sich, als hätte man seinen ganzen Körper in Beton eingegossen. Langsam schloss er die Augen und öffnete sie wieder. Das reichte der Ärztin wohl schon.

»Gut«, sagte sie. »Willkommen zurück. Können Sie Ihre Finger bewegen?«

Robert musste erst überlegen, wo die sich befanden. Doch dann schien sich etwas in seinem Kopf an seine Hände zu erinnern. Er wackelte ganz leicht mit einem Zeigefinger.

»Sehr gut. Und spüren Sie das?«

Er bekam einen Stich in die Seite, woraufhin er die Augen vor Schreck ganz weit aufriss.

»Entschuldigen Sie, Monsieur Chevalier, aber bevor ich Sie von dem Beatmungsgerät befreie, muss ich sichergehen, dass Sie selbst wieder nach Luft schnappen können. Sie wollen es sicher loswerden, hm?«

Robert schaffte ein schwaches Nicken, wobei der Schlauch in seinem Mund ein leises Quietschen von sich gab.

»Okay, ich hole jetzt eine Schwester, und dann geht's los.«

Das Gesicht der Ärztin verschwand vor seinen Augen. Es dauerte eine gefühlte Ewigkeit, bis sie wiederkam. Nun sah Robert noch eine junge blonde Frau, die sich auf der anderen Seite seines Bettes plazierte.

»So, dann werden wir mal. Wenn ich gleich bis drei zähle, atmen Sie, so fest Sie können, aus, okay?«

Robert blinzelte ein Ja.

Die blonde Schwester legte ihm beide Hände auf die Brust. »Nur damit Sie nicht gleich zucken.« Sie lächelte ihn an.

Scheiße, was machten die jetzt? Er hatte Angst.

»Und jetzt: Eins – zwei – drei!« Die Ärztin zog fest an dem Schlauch.

Robert verspürte ein schmerzhaftes Brennen im Hals. Er versuchte, wie angewiesen auszuatmen, was sich allerdings mehr wie ein Würgen anfühlte. Mit einem seltsam pfeifenden Geräusch tauchte der Rest des Schlauchs aus seinem Mund auf, und er spürte, wie er frei war. Wie ein Fisch im Trockenen schnappte er nach Luft.

»Ganz ruhig, ganz ruhig, das Gefühl ist gleich vorbei.« Die Ärztin legte ihm beruhigend eine Hand auf die Schulter.

Robert spürte, wie er wieder selbständig atmen konnte. Es tat weh und fühlte sich zäh an, wie nach einer schweren Erkältung, aber es ging.

»So ist es besser, prima.« Die Ärztin sah ihn zufrieden an.

»W … wa … Was?« Robert hörte, wie er stammelte, aber seine Zunge wollte ihm auch noch nicht recht gehorchen.

»Super! Sprechvermögen ist also ebenfalls da.« Die Ärztin notierte etwas auf einem Klemmbrett.

Warum sollte das auch nicht so sein? Robert versuchte, sich zu erinnern, wie er hierhergekommen war, aber es fiel ihm nicht ein. Das Letzte, woran er sich erinnerte, waren Weinstöcke. Er war irgendwie durch seine Weinstöcke gelaufen. Hatte er einen Autounfall gehabt? Böse Erinnerungen wurden in ihm wach. Er nahm all seine Konzentration zusammen. »Was ist … passiert?«

»Ein ganzes Scheunendach ist auf Sie heruntergekracht, Monsieur. Sie haben Glück, dass Sie noch leben.«

Scheune? Seine Scheune? Robert konnte sich nicht daran erinnern, wann er das letzte Mal in seine Scheune gegangen war.

»Sie waren eine recht lange Zeit ohne Bewusstsein. Sie haben schwere Knochenbrüche, und wir mussten Sie am Kopf operieren, um eine Hirnschädigung zu verhindern.« Die Ärztin deutete auf seine Stirn. »Da haben Sie einen ganz schönen Schlag abbekommen. Aber keine Sorge, ich bin guter Dinge, dass Sie wieder fit werden.«

Robert nickte dankbar.

»Haben Sie sonst irgendwo Schmerzen?«

Robert versuchte, seinen Körper zu kontrollieren. Der Schmerz hielt sich in Grenzen. »Geht«, sagte er leise.

Die Ärztin musterte ihn einmal von oben bis unten und ging dann an das Fußende des Bettes.

»Spüren Sie das?«

Ein leichter Stich jagte durch seinen Körper.

»Hm«, machte er.

»Das auch?«

Diesmal war das Gefühl wesentlich dumpfer.

»Hm«, machte er wieder.

»Auch gut, leichte Reflexe in beiden Füßen.«

Füßen? Was war mit seinen Füßen? Er hatte doch was auf den Kopf bekommen? Jetzt spürte er, wie sich in seinem Kopf eine bleierne Schwere ausbreitete. Warum war er so müde? Lag das an den Medikamenten, die sie ihm hier gaben, oder war mit seinem Kopf vielleicht doch etwas nicht in Ordnung? Seine Gedanken fühlten sich so zäh und nebelig an. Er hatte auch keine Ahnung, was für ein Tag war oder gar, wie spät es war. Angst überfiel ihn.

»Wir lassen Sie dann erst mal ausruhen, Monsieur Chevalier.«

Die Ärztin verabschiedete sich für seinen Geschmack und in Anbetracht seiner Situation einen Tick zu fröhlich. Dann dämmerte er auch schon wieder weg.

12

Angesäuselt vom Wein lag Cora ein paar Stunden später in ihrem Bett. Draußen schien der Mond, und die Grillen waren verstummt. Hier und da ertönte der Ruf eines Nachtvogels. Cora musste kichern und kuschelte sich in ihre Kissen. Vielleicht war das Amys Eule? Ob Amy dieses Tier wirklich gesehen hatte? Vielleicht war es ja auch nur eine gewiefte Idee von ihr, um Mergot ein paar neue Steine in den Weg zu legen? Sie hatte es nicht herausfinden können. Wenn Letzteres zutraf, war es jedenfalls eine wirklich gute Idee.

Sie war gerade in einen leichten Dämmerschlaf gefallen, als ihr Telefon vibrierte. Sofort war sie trotz des Alkohols hellwach. Hastig suchte sie es in ihren Klamotten. Hoffentlich war nichts mit ihren Eltern in

England? Es war fast halb zwei in der Nacht. Ohne auf das Display zu schauen, ging sie ran.

»Hallo?«

»Hey, Cora. Entschuldige, dass ich dich mitten in der Nacht anrufe.«

»Lucas?«

»Ja.«

»Was ist passiert?«

»Etwas Gutes. Man hat mich eben informiert, dass Robert wieder bei Bewusstsein ist. Und es sieht ganz gut aus, zumindest kann er sich erinnern und so.«

»Gott sei Dank!« Cora hörte, wie heiser ihre Stimme klang, da diese Nachricht ihr unwillkürlich Tränen in die Augen trieb.

»Alles klar bei dir, Cora?«

»Ja. Ich freu mich nur gerade so für Robert.«

»Ich mich auch. Ich … Also ich würde ja gerne zu ihm, aber ich trau mich nicht recht alleine. Ich habe ja jahrelang nicht mit ihm gesprochen.«

»Hey, ich komm mit! Kein Problem, mache ich gerne.«

»Okay. Kommst du morgen nach Bordeaux?«

»Ja, mach ich.«

»Gut. Ich habe morgen frei, dann können wir in die Klinik fahren.«

»Bis morgen.«

»Bis morgen, Cora.«

Cora hörte die Erleichterung in seiner Stimme. Als sie auflegte, spürte sie, wie ihr das Herz bis zum Hals klopfte. Robert war wach! Jetzt konnte es nur besser werden. Sie tappte mit nackten Füßen auf die Terrasse hinaus. Die Steine waren kalt und feucht, die Nachtluft frisch und salzig. Sie blickte zum Himmel. In der Nähe des Mondes konnte sie dichtere Wolken erkennen. Ob es Regen gab? Solange sie hier war, hatte sie noch nicht wirklich schlechtes Wetter erlebt. Egal. Sie atmete tief ein und aus, um sich wieder etwas zu beruhigen. Das waren doch wirklich einmal gute Nachrichten.

Die Fahrt nach Bordeaux verging dieses Mal wie im Flug. Selbst der dichte Verkehr rund um die Stadt brachte Cora nicht durcheinander. Zielstrebig fuhr sie den Weg zu Lucas' Haus. Auf der Domaine hatte sie am Morgen nur Amy eingeweiht. Den anderen hatte sie gesagt, sie besichtige noch ein Weingut. Sie hasste diese Lügerei und auch, dass sie mit der guten Nachricht nicht herausrücken konnte. Vielleicht würde sich das ja bald ändern.

Lucas erwartete sie bereits und stand mit seinem Rollstuhl schon in der Haustür, als sie den Wagen parkte.

»Hey, super, dass du gleich heute kommen konntest.« Über sein Gesicht huschte eine leichte Röte, als er Cora begrüßte.

»Danke, dass du angerufen hast.«

»Komm rein.« Er machte ihr den Weg frei.

»Haben sie denn was gesagt, wie es ihm sonst so geht?« Cora hoffte auf ein Zeichen, dass er keine bleibenden Schäden haben würde.

»Sie haben nur gesagt, dass er bei Bewusstsein und ansprechbar ist und dass es gut wäre, wenn jemand aus seiner Familie zu ihm kommen würde.«

Cora verzog das Gesicht. »Na ja, Isabel und deine Mutter werden sich wahrscheinlich nicht so schnell die Mühe machen.«

Er quittierte Coras Aussage mit einem wütenden Nicken. »Ja, das denke ich mir auch. Mir fehlen zwar die Worte dafür, aber … Man wird die wohl nicht ändern.« Er rollte ins Wohnzimmer. »Setz dich. Möchtest du noch was trinken, bevor … wir …«

Cora spürte, dass Lucas irgendwie Zeit schinden wollte. »Ja gerne, ein Wasser wär gut.«

»Weißt du, Cora, ich … Er ist zwar mein Bruder, aber … die lange Zeit … Ich bin unsicher, ob es gut ist, wenn ich …«

»Lucas, ich glaube, was früher gewesen ist, ist im Moment total egal. Robert wird es guttun, ein bekanntes Gesicht zu sehen, und wenn du es bist, der in dieser schweren Zeit an seiner Seite steht, wird er das zu schätzen wissen.«

»Meinst du?«

»Also der Robert, den ich kennengelernt habe, ganz sicherlich. Der war nämlich sehr nett, und … diese anderen Gestalten passten alle eigentlich nicht zu ihm.«

Lucas lachte auf. »Mergot, Isabel und meine Mutter stehen nicht gerade in deiner Gunst.«

»Deine Mutter hat Mergot die Leitung über das Château de Mérival übertragen. Und der hat vorgestern wieder einen Bagger anrollen lassen.«

Lucas schüttelte den Kopf. »Ich hoffe nur, dass Robert sich seines Fehlers bewusst wird.«

Cora seufzte. »Das ist ihm wohl schon vor seinem Unfall klargeworden. Angeblich hat er am Tag vor dem Unfall mit Maxime gesprochen und ihm gesagt, dass er die ganzen Pläne mit Mergot verwirft. So sagt es zumindest Maxime. Deine Mutter stellt das leider ganz anders dar. Vor dem Inspecteur hat sie behauptet, Maxime habe sich mit Robert gestritten und ihm sogar gedroht. Somit hat der Inspecteur seinen Tatverdacht auch erst mal auf Maxime gelegt.«

Lucas sah sie mit großen Augen an. »Aber nein, der würde doch nicht … Was glaubst du denn, was die richtige Version ist?«

Cora zuckte mit den Schultern. »Ich weiß langsam nicht mehr, was ich glauben soll. Ganz ehrlich, Lucas, deine Familie und die Levalls, die tragen ja nicht nur das eine Päckchen mit sich rum. Da sind doch noch viel tiefschürfendere Zerwürfnisse im Spiel.«

»Da magst du wohl recht haben. Trotzdem kann ich mir nicht vorstellen, dass Robert und Maxime sich so gestritten haben, dass Maxime ihm gleich nach dem Leben trachtet.«

»Nein, das denke ich auch nicht, zumal Robert ihm wohl die Hand reichen wollte, um die alten Pläne der Vereinigung der beiden Weingüter wieder in Angriff zu nehmen. Euer Vater … er hatte das wohl schon einmal im Sinn.«

»Davon weiß ich nichts. Ich bin ja schon lange vor Vaters Tod von dort geflüchtet.«

»Hattest du denn nie Interesse, mit einzusteigen?«

Sein Gesicht wurde ganz ernst. »Nach dem Unfall hab ich mich irgendwann wieder gefangen. Ich habe hart gelernt und gearbeitet, um das zu werden, was ich heute bin. Man schätzt mein Wissen und meine Erfahrung über den Wein, nur meine eigene Familie oder besser gesagt meine Mutter war der festen Überzeugung, ich wäre ein Krüppel und somit auch nicht fähig, es zu irgendetwas zu bringen. Ich habe lange gegen sie angekämpft und immer wieder versucht, mich zu beweisen. Dadurch bekam ich Streit mit meinem Vater und mit meinem Bruder, und dann habe ich gegen Windmühlen gekämpft und irgendwann aufgegeben. Ich hatte damals eine wirklich miese Zeit. Hier in Bordeaux konnte ich wenigstens meinen eigenen Weg gehen, ohne dass mich dauernd jemand bevormundete, mir sagte, was ich kann oder eben nicht kann, und ohne dass mich andere Menschen mitleidig als den armen Chevaliersohn angesehen haben. Ich habe damit abgeschlossen. Und jetzt … Ich weiß wirklich nicht, ob ich es noch mal versuchen sollte, ein Teil dieser Familie zu werden.«

»Ich kann dich verstehen.« Cora wollte keinen Streit mit Lucas. »Wollen wir denn gleich zu ihm fahren?«

»Ja.« Lucas wirkte jetzt etwas entschlossener. Cora hoffte nach dem gerade Gehörten bloß, dass er nicht nur zu seinem Bruder wollte, um sich nun auch an dessen Leid gütlich zu tun. Doch so war er nicht, so waren sie eigentlich beide nicht.

Diesmal fuhr Cora sie beide mit ihrem Wagen zum Krankenhaus. Lucas war auf den Beifahrersitz gewechselt und hatte dann seinen Rollstuhl zusammengeklappt. »Müsste so in den Kofferraum passen.«

Cora hatte das Ding dann verstaut und war Lucas' Wegbeschreibung gefolgt. Nicht mal eine halbe Stunde später standen sie wieder im Parkhaus des Klinikums. Lucas war deutlich blass um die Nase geworden.

»Alles okay?« Cora spürte seine Anspannung, die heute deutlich größer war als an dem Tag, an dem sie hier das erste Mal gewesen waren. Aber heute war es ja auch etwas anderes. Robert war wach. Allerdings konnte Cora auch nicht von sich behaupten, wesentlich ruhiger zu sein. Sie war schließlich auch im Streit von ihm weggegangen und wusste nicht, wie er auf sie reagieren würde. Aber er brauchte Beistand, und zwar echten Beistand und nicht eine Pseudoverlobte, die sich wohl gerade in seinem Château die Nägel lackierte, anstatt an das Krankenbett ihres zukünftigen Ehemannes zu eilen. Cora hasste diese Isabel inzwischen.

13

An Roberts Ohr drang ein seltsames Geräusch. Irgendwie erinnerte es ihn an einen quietschenden Fahrradreifen. Er hatte geschlafen, wie er es seit seinem ersten Erwachen fast nur getan hatte. Er war wohl mal wach gewesen, wusste aber nicht mehr recht, wann die nette Schwester ihm die Spritze gegeben und dann noch einmal diese unsäglichen Beutel, an die er lieber gar nicht denken wollte, an seiner Bettseite ausgetauscht hatte. Das war alles sehr demütigend, hier so hilflos zu liegen. So weit war er schon wieder klar im Kopf, dass er registriert hatte, dass seine Lage ernst war.

Das Quietschen kam näher. Er versuchte, die Augen zu öffnen. Hoffentlich wollte sie ihn nicht wieder an irgendwelche Geräte anschließen. Er blinzelte in die helle Deckenlampe.

»Hey!«, erklang es an seinem rechten Ohr. Das war eine Männerstimme. Ein neuer Arzt? Warum kam er nicht näher, damit er ihn sehen konnte? Er spürte, wie sich eine Hand auf seinen Arm legte. Das war kein Arzt.

»Rob?«

Okay, er halluzinierte wohl. Es gab nur einen Menschen, der Rob zu ihm gesagt hatte. Was gaben die ihm nur für Medikamente? Er schloss die Augen wieder. Wenn er sie gleich noch mal aufmachen würde, stünde sicherlich die blonde Schwester mit einer neuen Spritze neben ihm.

»Nun mach bitte die Augen auf!«

Die Stimme klang noch genauso wie eben. Robert riss schlagartig die Augen wieder auf und versuchte den Kopf so gut es ging zu drehen. »Lu …?« Mit dem Sprechen war es immer noch schwierig.

»Ja, ich bin es, Lucas. Und ich habe noch jemanden mitgebracht.«

Hinter dem Gesicht seines Bruders, den er so lange nicht gesehen hatte und der deutlich älter geworden war, tauchte noch eine Gestalt auf.

»Hey, Robert«, sagte eine sanfte Frauenstimme.

Cora. Das war Cora! Er hatte von ihr geträumt, und er hatte gedacht, sie wäre schon wieder fort nach London. In seinen Träumen war sie bei ihm gewesen. Sie waren am Strand entlanggelaufen und … Neben ihm piepte ein Gerät.

»Ich glaube, er erkennt dich«, hörte er seinen Bruder sagen.

Seinen Bruder, das hörte sich so gut an. Er hatte Lucas all die Jahre so vermisst. Ja, sie hatten gestritten. Lucas hatte es zu Hause nicht einfach gehabt. Aber er war doch sein kleiner Bruder. Tausend Gedanken rauschten ihm durch den Kopf und tausend Dinge, die er sagen wollte. Stattdessen bekam er nur einen Hustenanfall, der sofort noch ein Gerät wild lospiepen ließ. Sogleich tauchte noch eine dritte Person auf, die blonde Schwester. Sie sorgte dafür, dass das Piepen verstummte. »Na, da freut sich aber jemand über den Besuch.« Und schon war sie wieder verschwunden.

Robert wurde noch etwas bewusst. Es waren nur Lucas und Cora da, keine Isabel, keine Mutter. Er war nicht traurig darüber, aber es sagte eine Menge aus.

»Da…nk…e, da…ss ihr da … seid«, brachte er mühsam über die Lippen.

»Kein Ding, Rob. Es ist nur wichtig, dass du jetzt wieder ganz gesund wirst.«

Robert wusste nicht, wen von den beiden er anschauen sollte. Er war so froh, dass sie es waren, die hier an seinem Bett standen. Beruhigt schloss er wieder die Augen.

14

Als Cora am Abend bei Lucas auf dem Sofa saß, klingelte ihr Telefon. Es war Amy.

»Hallo, Cora. Alles okay bei dir?«

»Ja, alles okay. Robert ist wieder bei Bewusstsein. Er ist zwar noch sehr müde, aber er hat uns erkannt.«

»Oh, das freut mich.«

»Und, ist heute etwas passiert?«

Amy lachte. »Ja. Ich hatte mit den Davingtons einen wundervollen Nachmittag auf ihrem kleinen Stück Land. Wir haben in Liegestühlen in der Sonne gesessen und zugeschaut, wie diese Naturschutzleute dem Mergot die Baustelle dichtgemacht haben. Den Bagger konnte er gleich wieder abholen lassen.«

»Echt? Das glaub ich jetzt nicht.«

»Weißt du, Cora, wie selten die Eule ist?« Amy kriegte sich kaum noch ein vor Lachen. »Der eine Mann von denen, die da zum Gucken waren, hat irgendwas am Waldrand gefunden. Ich weiß nicht, ob ein Häufchen oder das, was die Eulen immer ausspucken. Auf jeden Fall war der ganz aus dem Häuschen. Und dann hat er sich mit Mergot gestritten, so laut, dass wir es bis zu uns gehört haben. Na ja, und wenige Stunden später war der Bagger weg.«

»Ich würde sagen, der Punkt ging an dich. Ich hoffe, es bleibt jetzt so lange ruhig, bis Robert wieder gut beieinander ist.«

»Das hoffen wir auch.« Amys Stimme wurde leise. »Und ich hoffe, dass Maxime uns nicht mit dem, was er erzählt hat, belogen hat.«

»Ich glaube ihm, Amy.«

»Okay. Wann kommst du wieder?«

»Ich muss mal sehen. Ich würde gerne noch mit Robert sprechen, also so richtig, aber dafür muss er noch etwas wacher werden.«

»Gut. Halt mich auf dem Laufenden.«

»Mach ich.«

»Bye.«

»Bye, Amy.«

Cora legte auf und bemerkte, dass Lucas sie anstarrte.

»Wer weiß denn, dass du hier bei mir bist?«

»Mach dir keine Sorgen, das war Amy. Sie ist … sie ist sozusagen eine Verbündete. Und die hat mit einer grandiosen Idee erst mal die Bauarbeiten von Mergot auf Eis gelegt.«

Sie erzählte Lucas von der Idee mit der seltenen Eule, und sie mussten beide lachen. Cora hingegen wurde schnell wieder ernst.

»Lucas, kannst du dir denn gar nicht vorstellen, wieder auf dem Château einzusteigen?«

»Ich weiß, dass du gerne Frieden stiften würdest, aber da gibt es einige Gräben, die wird man nicht so schnell zuschaufeln können. Es war ein großer Schritt heute, zu Robert zu gehen.«

»Ja, das verstehe ich. Wir haben nur alle Angst, dass Mergot da auf dem Château Dinge macht, die Robert vielleicht gar nicht mehr möchte. Nicht, dass es eines Tages zu spät ist.«

»Okay, pass auf.« Er rollte etwas dichter an das Sofa heran und legte dann die Hände in den Schoß. »Wir warten jetzt die nächsten Tage ab, wie es mit Robert weitergeht, und ich denke noch mal ganz in Ruhe darüber nach, ob mir vielleicht etwas einfällt, wie ich euch unterstützen kann. Euch, das heißt Maxime, dich und diese Amy. Pascal und meine Familie lassen wir erst mal außen vor. Ich … ich bin nun mal nicht so der Einmischer.«

»Ist okay, Lucas. Hey, ich will dich ja auch zu nichts drängen.«

»Und jetzt einen Whisky?«

»Ja, gerne, aber nicht so viel wie das letzte Mal.«

In den nächsten Tagen verbesserte sich Roberts Zustand immer ein bisschen mehr. Drei Tage nach ihrem ersten Besuch trafen Cora und Lucas zufällig die Ärztin bei Robert an.

»Oh, dann kommen wir später.« Lucas war schon fast wieder aus der die Tür draußen.

»Nein.« Robert winkte mit der rechten Hand. »Bleibt ruhig hier, ihr könnt euch die Bestandsaufnahme gerne anhören.«

Die Ärztin nickte. »Gut, also wir haben immer noch funktionale Probleme mit dem linken Bein. Durch die Quetschung an der Wirbelsäule sind leichte Nervenschädigungen aufgetreten.« Sie warf einen leicht verlegenen Blick zu Lucas hinüber. »Ob sich das wieder regeneriert, wird leider erst die Zeit zeigen. Dann haben wir den linken Arm. Dort ist der Knochen jetzt mit Schrauben fixiert. Die werden einige Monate drinbleiben müssen, damit das alles wieder heilt. Der Knochen sah, gelinde gesagt, aus wie ein

Puzzle. Die Gipsschiene wird Sie auch noch ein paar Wochen begleiten. Die Lunge ist aufgrund der Perforierung durch einen Knochensplitter in ihrer Funktion noch etwas eingeschränkt. Das wird sich auch mit der Zeit geben, aber in der Phase der Heilung muss man Überanstrengung vermeiden, sonst besteht die Gefahr, dass der Lungenflügel in sich zusammenfällt.«

Cora verzog das Gesicht. Das hörte sich alles sehr gefährlich und unangenehm an.

»Die restlichen Brüche werden heilen und auch das kleine Loch, das wir in Ihren Kopf bohren mussten.« Die Ärztin deutete auf den Verband, der noch Roberts Kopf umschlang. »Sprache und Erinnerungsvermögen sind so weit gut, außer dass Ihnen ein paar Stunden vor dem Unfall fehlen. Ich denke also, in acht bis zehn Wochen können Sie die Klinik auf eigenen Beinen verlassen. Wenn Ihr Bein sich bis dahin noch nicht deutlich verbessert hat, empfehle ich eine Reha.«

Robert schnaubte. »Sie meinen, ich werde zur Weinlese wohl noch nicht zu Hause sein?«

Die Ärztin lächelte sanft. Sie wusste anscheinend, in welcher Zeitrechnung die meisten Menschen hier auf dem Land dachten.

»Zu Hause zur Lese vielleicht, aber Sie werden auf keinen Fall mit einem Korb durch Ihre Rebstöcke laufen. Ich hoffe, da habe ich mich klar ausgedrückt.«

Robert zog grollend die Augenbrauen zusammen.

»So, dann lasse ich Sie mal alleine.«

Nachdem die Ärztin den Raum verlassen hatte, lehnte Robert sich zurück und stöhnte.

»Hast du Schmerzen?« Lucas sah seinen Bruder besorgt an. Die beiden hatten sich zu Coras Freude in den letzten Tagen gut verstanden, so als wären sie im Grunde nicht lange ohne einander gewesen.

»Ja und nein. Mir tut alles weh, doch das wird schon wieder. Aber für meinen diesjährigen Jahrgang sehe ich schwarz. Mergot, Isabel und Mutter kriegen das mit der Weinlese doch nicht auf die Reihe, und Franco ist alleine damit auch überfordert.«

Cora sah, wie Lucas auf seine Füße starrte.

Robert fuhr fort: »Ich habe noch keine Arbeiter bestellt, ich hab die Stöcke noch nicht verjüngt, die Fässer müssen noch gereinigt werden …«

Lucas fiel ihm ins Wort. »… die Flaschen bestellt und gereinigt, die Kessel und die Presse gewartet, und die Maschinen müssen noch auf Vordermann gebracht werden.« Er lachte leise.

Robert drehte den Kopf und sah seinen Bruder an. »Ja, du weißt noch genau, wie es geht, oder?«

»Hey, bin ich der Sohn eines Winzers oder nicht? Wir haben genauso viele Ernten mitgemacht wie Kindergeburtstage, Rob.«

»Das ist wohl wahr, das ist wohl wahr.« Robert fixierte Lucas mit seinem Blick. »Würdest du … Ich meine … Okay, das ist wahrscheinlich zu viel verlangt, aber wenn ich dieses Jahr keinen Wein in die Flaschen bekomme, kann das Château de Mérival seine Tore schließen.«

Lucas vermied es, Robert anzusehen. »Hatte dein zukünftiger Schwiegervater nicht ein paar tolle Ideen für das Château de Mérival? Ich hörte so was.«

Robert richtete sich so gut es ging in seinem Bett auf. »Ich mache nicht mehr mit, und das hab ich ihm gesagt. Im Grunde hatte ich … Also ich glaube, ich habe vor dem Unfall mit Maxime darüber gesprochen. Vater hatte ja einst schon die Idee, die Ländereien zusammen zu bewirtschaften.«

Cora schlug die Hände zusammen. »Oh, gut, dass du dich daran erinnerst!«

Robert sah Cora verwundert an. »Wieso?«

»Weil deine Mutter behauptet, du hättest dich mit Maxime den Tag davor gestritten, und deswegen fiel jetzt der Verdacht … wegen der Scheune … auf Maxime. Und Mergot hat die Leitung des Château de Mérival auf Weisung deiner Mutter übernommen und leider auch gleich wieder einen Bagger kommen lassen.«

Robert fasste sich an den Kopf. »Bagger, spinnt der? Und Mutter hat im Betrieb überhaupt nichts zu sagen.

Geschäftsführer bin immerhin noch ich. Und was zum Henker war denn überhaupt mit dieser verdammten Scheune? Ich kann mich echt an nichts mehr erinnern. Das Ding kann doch nicht einfach so zusammenbrechen.«

Lucas räusperte sich, und Cora sah verlegen auf den Boden. Dann nahm sie sich aber ein Herz, er musste es ja wissen.

»Also da hat wohl jemand eine Eisenkette um einen der Balken geschlungen und das andere Ende an deinem Trecker festgemacht.«

»Du meinst, das hat jemand mit Absicht getan?«

»So sieht es die Polizei zumindest. Der Inspecteur ist noch dabei, alle zu befragen.«

Robert sah verwirrt aus. »Aber wer … sollte denn … Ich … So was macht doch bei uns keiner. Mich wollte jemand umbringen?«

Cora zuckte mit den Schultern. »Ja, leider sieht es momentan so aus.«

»O Mann, ich hatte ja keine Ahnung.« Robert lehnte sich in die Kissen zurück und schloss die Augen.

»Sollen wir lieber gehen? Das war jetzt vielleicht alles etwas viel.« Lucas sah Cora fragend an.

»Nein, bleibt bitte.« Robert hob seine rechte Hand, schwieg aber noch einen langen Augenblick, bevor er weitersprach. »Lucas, ich möchte, dass du die

Geschäftsführung auf dem Château de Mérival in Vertretung übernimmst.«

»Ich … aber ich …«

»Ja, du, und ich möchte, dass du diesem Mergot die Zügel aus der Hand nimmst. Schick ihn auf seine Jacht oder in sein Ferienhaus auf Mallorca oder von mir aus auch in die Hölle, aber nimm ihm um Himmels willen das Château aus der Hand. Mutter wird still sein, sobald Mergot weg ist.«

»Und Isabel?«, rutschte es Cora heraus. Gleich legte sie sich die Hand auf den Mund.

Über Roberts Gesicht huschte ein kurzes Lächeln. »Ich weiß nicht, ob sie lieber mit ihrem Papa gehen oder auf mich warten wird. Ich bin ja jetzt nicht mehr so ein guter Fang und zudem auch nicht mehr ganz heil. Aber Lucas, das ist wirklich unsere einzige Chance, das Château de Mérival vor dem Untergang zu retten.« Er wandte sein Gesicht etwas ab, und seine Stimme wurde leiser. »Ich hab all die Jahre so verdammt dumme Fehler gemacht, aber … aber damit ist jetzt Schluss.«

Lucas legte Robert eine Hand auf den Arm. Cora brannten die Augen bei dieser Geste.

»Okay, ich mache es so lange, bis du wieder gesund bist.«

»Danke, Lucas. Ich wusste, dass du … Es tut mir einfach alles so leid.«

»Alles Übrige besprechen wir an einem anderen Tag an einem anderen Ort, okay?«

»Okay. Danke! Und nimm Cora mit.« Robert sah Cora direkt in die Augen. »Sie wird dir vielleicht helfen können.«

»Ich … ich kann doch gerade mal eine Weintraube von einer Kirsche unterscheiden.«

Robert und Lucas lachten beide. Dann wurde Robert wieder ernst. »Ja, aber du kannst Gut und Böse unterscheiden. Damit scheinen wir unsere Probleme zu haben.«

Die Rückfahrt und der Abend in Lucas' Haus verliefen sehr still. Lucas wirkte zum einen glücklich, zum anderen aber auch nervös, und Cora fühlte sich nicht viel anders. Die Leitung auf dem Château de Mérival zu führen würde nicht einfach werden. Cora bekam eine leise Ahnung davon, wie man sich fühlte, wenn man wusste, dass man in den Krieg ziehen musste.

Lucas führte noch einige Telefonate. Unter anderem musste er sich einige Zeit an der Universität freistellen lassen.

»Geht das denn so einfach?« Cora hoffte, dass er nicht auch noch damit Ärger bekam.

»Die werden auf mich warten. Einen Besseren finden sie nämlich nicht.«

In der Nacht krachten einige Gewitter über Bordeaux. Cora erschrak, denn bisher hatte sie hier kein Gewitter erlebt. Auch Lucas sah vor dem Zubettgehen einmal besorgt aus dem Fenster.

»Komisches Wetter diesen Sommer. Überhaupt komischer Sommer. Gute Nacht, Cora.«

»Gute Nacht, Lucas. Und … ich bin wirklich froh, dass du jetzt das Ruder übernimmst.«

»Freu dich nicht zu früh. Ob ich gut darin bin, weiß ich nämlich selbst noch nicht.«

15

Am nächsten Morgen hingen dichte Nebelfetzen auf den Straßen. Die Sonne stand als große milchige Scheibe am Himmel und schien den Regen der vergangenen Nacht schnell verdampfen zu wollen.

Lucas sah prüfend nach oben, als sie das Haus verließen. »Das ist nicht gut. Wenn der Wein jetzt zu viel Regen bekommt, werden die Trauben zu wässrig.«

Cora sah ebenfalls nach oben. »Ich komme aus London. Sommer ohne Regen ist wie Sahara ohne Sand für uns.«

»Deswegen trinkt ihr Engländer ja auch lieber Tee.«

»Wegen des Wassers?«

»Ne, gegen Schnupfen.« Lucas grinste.

»Ich glaub, ich muss mir noch überlegen, ob ich dir oben im Médoc helfe. Du bist ganz schön frech.«

»Tschuldigung.«

Beide stiegen in Coras Wagen. Cora hatte Lucas' Rollstuhl wieder nach hinten in den Kofferraum gepackt, diesmal aber noch seine Reisetasche danebengestellt.

Bevor sie den Wagen startete, sah sie ihn noch einmal an. »Bist du sicher?«

»Fahr jetzt los, Cora. Du weißt gar nicht, wie schnell ein Querschnittsgelähmter doch noch flüchten kann, solange es möglich ist.«

Cora fuhr los. Auf den Straßen von Bordeaux musste sie sich wegen des Nebels sehr konzentrieren. Als sie auf die Landstraße gen Norden kamen, lichteten sich die weißen Wolken um sie herum, und sie konnte sich etwas entspannen. Soweit das möglich war in Anbetracht dessen, was heute noch auf sie zukommen würde.

»Und du kommst da im Château klar? Ich meine, da sind doch überall Treppen, soweit ich mich erinnere.«

Lucas lachte. »Ich hoffe mal, dass meine liebe Frau Mutter nicht wieder alles hat abreißen lassen, was sie für mich einbauen ließen. Eigentlich gibt es überall Rampen und im Wirtschaftstrakt sogar einen Aufzug.«

»Echt?«

»Ja, mein Vater hat damals die Hoffnung nicht so schnell aufgegeben wie meine Mutter. Aber letztendlich war die Situation für alle unerträglich.«

Cora umfasste das Lenkrad fester. Ihr tat es in der Seele weh, die Demütigung in seiner Stimme zu hören.

»Na ja, es war ja auch für mich schwer. Ich kam nicht mehr aufs Pferd, geschweige denn an den Strand, die Weinfelder waren nicht zugänglich, und die Maschinen waren vor zwanzig Jahren nun auch noch nicht so modern, dass man sie bequem mit einem Joystick lenken konnte. Heute bin ich da flexibler. Anstatt des Pferdes nehme ich gerne mal ein Quad. Damit komme ich sogar bis an den Strand und auch durch jeden Wald.«

Cora nickte. »Stimmt, die Dinger waren damals noch nicht so bekannt, oder?«

Lucas grinste. »Nein, Quads kamen erst ein bisschen später in Mode. Für mich waren die eine echte Errungenschaft.«

»Das ist wohl wahr, vor zwanzig Jahren war einiges noch anders. Da gab's noch Gameboys und riesige Personal Computer. Heute schleppt jeder sein ganzes Büro auf seinem Handy mit sich herum.« Cora musste lächeln, als sie daran dachte, wie riesengroß ihr erstes Mobiltelefon gewesen war.

Sie unterhielten sich die ganze Fahrt über sehr gut. Cora empfand Lucas mehr und mehr als angenehme Gesellschaft. Sie hoffte, dass sie eines Tages noch mal die Chance bekommen würde, mit Robert so ganz einfache, dahinplätschernde Unterhaltungen zu führen.

Je näher sie ihrem Ziel kamen, desto größer wurde aber dann wieder die Schweigsamkeit. Für Cora war es ein merkwürdiges Gefühl, das erste Mal von der Straße die Zufahrt zum Château zu nehmen und nicht in den schmalen Seitenweg zur Domaine einzubiegen. Auch Lucas sah immer wieder aus dem Fenster. Wie mochte es wohl für ihn sein?

»Wie lange warst du jetzt nicht mehr hier?« Cora hatte fast Angst, dass er sich erst mal erschrecken würde, weil sich am Haus oder sonst was grundlegend verändert hatte. Unsinnig eigentlich bei einem Haus, das schon viele Jahrhunderte unverrückbar an seinem Platz stand.

»Ziemlich genau achtzehn Jahre.«

»Das ist verdammt lange her.«

»Ja, verdammt.«

Cora steuerte den Wagen langsam von der Einfahrt auf den großen kiesigen Vorhof. Genau diesen Platz konnte sie oben auf der Domaine Levall sehen. Es fühlte sich komisch an, hier zu parken.

Lucas wurde etwas nervös. »Okay, also du hilfst mir aus dem Auto, nimmst meine Tasche noch mit nach oben bis zur Tür, und ab da gehe ich dann erst mal alleine in die Höhle des Löwen.«

»Wie du möchtest.« Cora war zwar nicht wild darauf, ihn noch mit bis ins Haus zu begleiten, aber hätte er sie gefragt, sie hätte es getan.

Kurz darauf stand sie mit seiner Tasche neben dem Auto und sah zu, wie er über den Kies zum Aufgang rollte. Der Kies war eine unglückliche Sache, aber Lucas hatte so kräftige Arme, dass er den Weg bis um eine riesengroße amphorenartige Blumensäule alleine schaffte. Von dort führte neben den Stufen eine Rampe hoch zur Eingangstür. Cora hatte ihr bei ihren beiden Besuchen gar keine Beachtung geschenkt. Sie selbst stieg die Stufen hinauf. Es waren nur fünf, aber natürlich für Lucas eine unüberwindbare Barriere.

Lucas hatte ein gerötetes Gesicht, als er bei ihr ankam, und nahm ihr die Tasche ab. »So, warm bin ich schon mal. Dann auf in den Kampf. Ich melde mich dann später bei dir. Und … danke für alles.«

»Okay. Viel Glück, Lucas.« Sie versuchte ihm noch ein aufmunterndes Lächeln zu schenken, dann ging sie schnell zurück zu ihrem Auto und fuhr vom Hof.

Als sie auf der Domaine ankam, brauchte sie einen Augenblick, bis sie aussteigen konnte. Sie parkte direkt neben dem Wohnmobil, das hier auch noch herumstand. Amy hatte wohl die Besetzung des neu ausgewiesenen Eulenschutzreservats noch nicht erlaubt. Ab jetzt würde sich wohl einiges ändern. Und sie hatte auch noch einen nicht ganz einfachen Gang vor sich, denn sie hatte keine Ahnung, wie Maxime und Pascal reagieren würden, wenn sie jetzt erfuhren, wo sie gewesen war und wen sie mitgebracht hatte.

16

Lucas ist wieder da?« Maxime stand wie angewurzelt in der Küche und sah Cora verwundert an.

Cora war ins Haus gegangen und hatte Maxime und Valeska gleich abgepasst. Ihr hatte das Herz bis zum Hals geklopft.

»Ja, Lucas ist wieder da und wird jetzt das Château übernehmen.«

»Ja klar, und morgen kommt der Nikolaus«, sagte Maxime und winkte ab.

»Nun hör dir doch erst mal an, was Cora zu erzählen hat.« Valeska stellte sich wie ein Ringrichter zwischen die beiden, wobei sie Cora aber auch noch etwas ungläubig ansah. »Ist er etwa mit dir hergekommen?«

»Ja, ist er. Ich war in Bordeaux bei ihm … und bei Robert. Maxime, Robert bestätigt übrigens, dass er mit dir gesprochen hat. Und es tut ihm alles schrecklich leid. Deswegen schickt er jetzt Lucas, dass Mergot das Château wieder aus den Händen genommen wird.«

»Und Catherine? Sie wird ihren Sohn wohl kaum alles so ohne weiteres übernehmen lassen.« Maxime stemmte die Hände in die Hüften.

»Robert ist Geschäftsführer und hat nun bestimmt, dass Lucas ihn während seiner Abwesenheit vertritt. Ist eigentlich ganz einfach.«

»Ganz einfach!« Maxime lachte. »Wahrscheinlich jagen sie ihn gleich mit einer Mistgabel vom Hof.«

»Das glaube ich nicht. Lucas ist ein erwachsener Mann und nicht dumm. Er hat ohne Frage das Potenzial, das Château zu leiten. Robert wird leider bis zum Herbst ausfallen. Er macht sich große Sorgen um die diesjährige Weinernte.«

»Und jetzt soll Lucas das richten? Na, ich weiß nicht.«

»Wer soll was richten?« Pascal kam gemeinsam mit Amy durch die Vordertür. »Der Trecker läuft wieder, wir können gleich weitermachen.«

Maxime strich sich über sein Haar. »Lucas soll es jetzt richten, hat Cora gerade gesagt.«

Amy trat an Coras Seite und drückte sie leicht mit einem Arm.

Pascal blieb verdutzt stehen. »Lucas?«

»Ja, Lucas«, gab Valeska etwas brüsk von sich. »Ich weiß gar nicht, warum du so einen Wirbel darum machst, Maxime. Sei doch froh, dass wir Mergot vielleicht bald wieder los sind.«

Jetzt trat Pascal an Cora heran und packte sie am Arm. »Lucas? Der Lucas? Ist er mit dir hierhergekommen?«

»He, aua!« Cora wand sich aus Pascals Griff. »Ja, ich habe ihn mit hergenommen, und er ist jetzt unten im Château und regelt alles.«

»Ja klar, Lucas regelt alles.« Pascal verzog spöttisch das Gesicht.

Cora ärgerte sich über ihn, aber sie biss sich auf die Lippe. »Ihr werdet es ja sehen.«

Es dauerte eine gefühlte Ewigkeit, bis Cora am späten Abend von Lucas den erlösenden Anruf bekam. Er hörte sich müde und erschöpft an, und seine Stimme klang heiser.

»Hey, Cora, ich lebe noch.«

»Das höre ich. Wie ist es gelaufen?«

»Na ja, Mergot ist stinksauer und hat eben das Haus verlassen. Er droht damit, jegliche Investitionen, die er hier reingesteckt hat, wieder zurückzufordern. Er hat

Robert wohl ein paar neue Maschinen bezahlt und so. Meine Mutter hat einen hysterischen Anfall bekommen.« Er lachte spöttisch auf. »Ich hab ihr gesagt, sie solle sich zusammenreißen, hätte ich schließlich auch die ganzen Jahre machen müssen. Und Isabel – die Prinzessin hat geheult und weiß wohl gerade nicht, ob sie mit Papa die Flucht ergreifen oder bei ihren Chanel-Kleidern bleiben soll. Ergo, so schlecht gelaufen ist es nicht. Ich könnt jetzt allerdings einen doppelten Whisky vertragen.«

»Soll … soll ich runterkommen?«

»Wenn es für dich nicht zu spät ist und … zu gefährlich. Es herrscht hier eine etwas explosive Stimmung.«

»Das überleb ich schon.«

»Okay, wir treffen uns im Pferdestall hinten an der Sattelkammer. Da hat Robert früher schon heimlich seinen Schnaps versteckt.«

»Bis gleich.« Cora legte auf und war schon in den Schuhen.

Die Nachtluft war noch schwülwarm, und der Mond trug einen breiten Schleierkranz. »Gibt Schnee«, hätte ihr Vater gesagt, wäre es Winter und wäre sie in Buckinghamshire. Was dieses Phänomen hier im Süden von Frankreich bedeutete, wusste sie allerdings nicht. Das Gras war bereits nass vom Tau, und die Feuchtigkeit drang sofort durch ihre leichten Schuhe.

Sie musste lachen, als sie merkte, wie komisch sich das anfühlte. Der Mond bot noch genug Licht, dass sie sich problemlos zwischen den Weinreben zurechtfand. Das Château war ringsum mit einer dezenten Außenbeleuchtung versehen, verfehlen konnte sie es kaum. Allerdings machte sie im Park einen größeren Bogen um das Haus. Auf Isabel oder Catherine Chevalier treffen wollte sie dann doch lieber nicht.

Sie sah, dass im Stall Licht war. Vorsichtig lugte sie durch den Spalt im Tor. Am Ende der Stallgasse sah sie Lucas und Franco. Franco klopfte Lucas gerade auf die Schulter, als würde er einen guten alten Freund begrüßen. Cora war erleichtert. Ganz allein war Lucas hier also auch ohne sie nicht.

»Hey!« Cora machte sich bemerkbar und betrat den Stall. Der warme Duft nach Heu und Pferden jagte ihr sogleich einen wohligen Schauer über die Haut. Die beiden braunen Stuten von Robert schauten neugierig aus ihren Boxen. Im Vorbeigehen strich sie beiden ganz sanft über die Nüstern.

Lucas und Franco standen vor der letzten Box. Dort gab es noch eine Stute, auch eine ehemals braune, deren Fell aber von vielen weißen Haaren durchzogen war. Lucas streichelte der alten Pferdedame unablässig die Stirn, denn sie hatte ihren Kopf bis auf seinen Schoß niedergelassen.

Lucas strahlte Cora an. »Hey, komm her. Schau, das ist Gila. Sie ist die Großmutter von Rivana und Lavina. Ach, ich dachte, das alte Pferdemädchen ist schon lange auf der immergrünen Wiese.«

Genau in diesem Moment wusste Cora, dass Lucas hierhergehörte, genauso wie Robert. Es war sehr seltsam, aber das wahre Wesen eines Menschen offenbarte sich zumeist in der Gesellschaft von Tieren. »Sie lassen die Seele frei«, hatte Cora mal gelesen, und ein bisschen was Wahres schien dran zu sein.

»Madame.« Franco verbeugte sich kurz vor Cora. »Danke, dass Sie Monsieur Lucas wieder heimgeholt haben.«

Cora musste lächeln. »Nun seid mal nicht so sentimental. Noch sind hier ja nicht alle Steine aus dem Weg geräumt.«

»Jetzt trinken wir erst mal einen. Franco, steckt die Flasche immer noch in Vaters altem Reitstiefel?«

»Ja, natürlich. Monsieur Robert lässt von dieser Tradition auch nicht ab. Ich hole sie.«

Während Franco in der Sattelkammer verschwand, sah Lucas Cora an. »Ich hab heute ganz schön Angst gehabt, aber«, er streckte die Hände aus, »es hat geklappt.«

17

Nicht zu wissen, was auf dem Château vor sich ging, quälte Robert fast mehr als seine ganzen Verletzungen. War es richtig gewesen, Lucas dorthin zu schicken? Würde Mergot Lucas überhaupt ernst nehmen? In Roberts Kopf spannen sich die unmöglichsten Szenarien zusammen.

Am Morgen des nächsten Tages hielt er es nicht mehr aus und befahl der Schwester, ein Telefon zu besorgen.

»Monsieur, wir sind hier auf der Intensivstation.«

»Das ist mir egal. Entweder bekomme ich jetzt ein Telefon, oder ich will sofort irgendwo hinverlegt werden, wo es möglich ist, eins zu bekommen. Oder wollen Sie, dass ich versuche aufzustehen und zum nächsten Münzfernsprecher zu laufen?« Er schlug drohend seine Bettdecke zur Seite.

»Ich muss erst die Ärztin fragen. Bleiben Sie bitte liegen, Monsieur.« Sie eilte davon.

Nach gut einer Stunde kam sie mit der Ärztin im Schlepptau wieder.

»Hören Sie, ich muss wirklich ganz dringend telefonieren. Ich weiß, dass das auf dieser Station nicht üblich ist, warum auch immer.«

»Es kann die elektrischen Apparaturen stören«, gab die Ärztin als knappe Antwort. »Sollen wir jemanden für Sie anrufen?«

»Nein, das muss ich schon selbst erledigen. Hier ist doch sonst niemand, und bis auf dieses Ding da«, er deutete auf einen Monitor, der über Elektroden immer noch die Vitalfunktionen von seinem Körper ablas, »ist doch hier nichts. Und ich sterbe schon nicht, während ich mal kurz telefoniere.«

Die Ärztin nickte. »Okay, aber wirklich nur kurz, und wir nehmen das Telefon dann wieder mit.«

Als die Schwester den Apparat endlich brachte, versuchte er, sich so gut es ging in seinem Bett aufzurichten. Dabei fluchte er recht unflätig. Allmählich bekam er hier einen Lagerkoller. Die Aussicht, in diesem Bett noch einige Wochen verbringen zu müssen, setzte seiner Laune sehr zu. Er tastete auf dem Nachtschränkchen neben sich herum. Cora hatte ihm noch ihre Nummer aufgeschrieben. Sein Handy hatte man ihm ja samt seiner Klamotten am Tag seiner Einlieferung abgenommen. Das würde er auch erst wiederbekommen, wenn er auf eine normale Station verlegt würde. Dass er sich mal auf diesen Tag so freuen würde, als kämen Weihnachten und Ostern zusammen! Endlich hatte er den Zettel gefunden. Seine Finger zitterten, als er die Nummer wählte. Es dauerte einen Augenblick, bis sie ranging, und sie hörte sich noch etwas verschlafen an.

»Hallo?«

»Cora?«

»Robert?« Schlagartig schien sie wach zu sein. »Alles in Ordnung?«

»Ja, ja, bei mir schon. Weißt du, wie es bei Lucas gelaufen ist?«

»Warum rufst du ihn nicht selbst an und fragst ihn?«

Er hörte, wie sie bei dem Satz schmunzelte. Im Geiste sah er ihr Gesicht genau vor sich, die Grübchen neben ihrem Mund, die ewig verirrten Haarsträhnen, die ihre Wangen umspielten, die blauen Augen, die blitzschnell von strahlend zum düsteren Funkeln wechseln konnten.

»Ich ... ich möchte nicht, dass er sich gleich kontrolliert fühlt.«

»Das ist gelogen, Robert.«

»Ja. Ich weiß nicht, es ist immer noch komisch, nach all den Jahren mit ihm zu reden. Es … es steht noch so viel Unausgesprochenes zwischen uns.«

»Ja, das verstehe ich, aber ihr müsst mal irgendwann damit anfangen. Fürs Erste kann ich dir sagen, dass er noch lebt und seinen Einstand gestern auf dem Château mit Bravour gemeistert hat. Er hat Mergot des Hauses verwiesen und mit den beiden Frauen einmal Klartext gesprochen.«

»Meine Mutter hat das überlebt?«, fragte Robert mit einer gehörigen Portion Sarkasmus.

»Ja, hat sie. Heute will sich Lucas einen Überblick über das Büro verschaffen, und dann geht es wohl auch sofort los. Franco sagt, es ist einiges an Arbeit liegengeblieben.«

»Du hast mit Franco gesprochen?«

»Äh, ja, wir haben gestern Abend noch ein bisschen im Stall gefeiert.«

»Habt ihr meinen Bourbon ausgetrunken?«

Cora kicherte. »Ja, aber wir haben dabei auch ganz doll an dich gedacht.«

»Fängt ja gut an«, erwiderte er in einem Ton, als wäre er beleidigt.

»Es ist alles in Ordnung hier. Ich denke, alle müssen sich jetzt an die neue Situation gewöhnen. Pascal und Maxime waren auch überrascht.«

»Das kann ich mir gut vorstellen.« Er musste sich einen Augenblick sammeln. Zwar wusste er eigentlich genau, was er sagen wollte, fand aber nicht die passenden Worte. »Cora, danke, dass du so hartnäckig warst. Ohne dich … Ich hoffe, wir sehen uns noch.«

»Das werden wir. Ich passe jetzt hier ein paar Tage auf, dass die sich nicht alle zerfleischen, und dann besuch ich dich wieder.«

»Bringst du mir ein paar Trauben von meinem Wein mit?«

»Bitte?«

»Weintrauben, die kleinen Dinger, die in dem Grünzeug hängen.«

»Ja, schon klar, aber die schmecken doch nicht.«

»Nein, doch ich würde gerne mal den Reifegrad überprüfen.«

»Robert, du bist noch krank.«

»Das ist nun wirklich nicht schwer. Bitte.«

»Okay, mach ich. Und jetzt muss ich, glaube ich, noch ein bisschen schlafen. Dein Bourbon war ziemlich süffig.«

»Bist … bist du mir eigentlich noch böse?«

Cora schwieg einen Augenblick, dann antwortete sie: »Nein, aber es gibt da ein paar Dinge, über die wir reden sollten, wenn du wieder gesund bist.«

»Okay«, sagte er und bemerkte im selben Moment, wie kleinlaut sich das anhörte.

»Bis bald, Robert.«

»Ja, bis bald.«

Er ließ den Hörer sinken. Wie schön es gewesen war, ihre Stimme zu hören. Natürlich sollte er sich schämen, immerhin war er verlobt. Aber was war nach alldem diese Verlobung noch wert? Und wo war seine Verlobte gewesen, als er sie gebraucht hätte? Einmal ist sie angeblich hier gewesen, da hatte er noch in tiefer Bewusstlosigkeit gelegen. In einer Beziehung war sie seiner Mutter unheimlich ähnlich – beide hatten Herzen aus Eis.

Cora – Cora war anders. Robert lehnte sich zufrieden in seine Kissen zurück. Lucas und Cora würden seinem, ihrem Château kein Leid mehr zufügen. Er hatte zwar keine Ahnung, wie sie all ihre finanziellen Probleme lösen sollten, der Weinverkauf würde nicht alles abdecken können, aber irgendwie spürte er, dass er mit diesem Team eine Lösung finden würde.

18

Amy sah Cora beim Frühstück immer wieder von der Seite an. Maxime und Pascal waren schon draußen, denn der Trecker machte immer noch einige Schwierigkeiten.

»Was ist?«

»Das alles hast du gut in den Griff bekommen.«

»Danke. Dein Einsatz war aber auch nicht schlecht.«

»Du magst die beiden gern, oder? Also Robert ja sowieso, aber diesen Lucas auch …«

»Und ich mag das Château. Ich fand es unmöglich, was da alles verändert werden sollte.«

»Aber dass wir nun keine Chance haben, unser Land an Mergot zu verkaufen, pikst dich das nicht auch ein bisschen?«

Cora sah Amy verwundert an. »Ich dachte, wir waren uns alle einig, dass wir nicht verkaufen. Wir wollten doch helfen, das alles hier zu retten.«

»Ja, aber ein bisschen schade ist es schon um das ganze Geld.«

»Hey, jetzt sag nicht, dass das für dich ein Problem ist.« Cora war wirklich entsetzt, dass gerade Amy noch einen Gedanken an den Landverkauf verschwendet hatte.

»Nein, ist schon okay. Ich dachte nur … Ich meine, du hättest das Geld ja auch gut gebrauchen können.«

»Klar, wer kann nicht mal eben hundertfünfzigtausend Euro gebrauchen. Doch da die von vornherein nicht eingeplant waren, kann ich das verschmerzen. Und der Friede hier und der Erhalt sind wichtiger.« Aber innerlich sagte eine leise Stimme zu ihr, dass die Kohle doch schön gewesen wäre, und sie versuchte, sie abzuschütteln. Die Chance war jetzt vertan.

Amy wiegte den Kopf und sah in ihre Kaffeetasse. »Ist schon okay. Ich hab das auch nicht so gemeint. Ich glaube übrigens, Pascal gefällt das überhaupt nicht, dass dieser Lucas nun da ist.«

»Aber allemal besser als Mergot, oder? Ich glaub, bei denen geht's auch noch um die alte Geschichte mit dem Unfall.«

»Die hatten einen Unfall? Und deswegen ist Lucas …?«

Cora sprach leiser. »Ja, und eine Freundin starb sogar dabei. Schlimme Geschichte.«

»Das ist ja furchtbar. Aber ich meinte eigentlich, dass Pascal nicht besonders erfreut ist, weil du dich da auf dem Château jetzt so einmischst.«

»Wie?«

»O Mann, Cora, ich glaube, er ist eifersüchtig. Ich meine, ihr hattet doch auch, sagen wir mal, Spaß miteinander.«

»Hey, das war ganz unverbindlich. Pascal ist eben ein echter Frauenheld. Ich möchte nicht wissen, wie vielen anderen er im Sommer so seinen Weinkeller zeigt.«

»Ah, da wär ich mir nicht so sicher, Cora. Hunde, die bellen, beißen nicht, das weißt du doch.«

Jetzt war es Cora, die in ihren Kaffee schaute. Den Gedanken, dass Pascal ernsthaft an ihr Interesse haben könnte, hatte sie gleich am Anfang von sich geschoben. Sie wollte noch etwas sagen, aber Maxime und Pascal kamen zurück. Beide sahen nass aus.

Maxime schüttelte sich. »Der Trecker geht wieder, aber bevor wir wieder rausgehen, sollten wir den Regen abwarten. Verdammtes Wetter.«

Cora blickte zum Fenster. Dass das Wetter schon wieder schlechter geworden war, hatte sie gar nicht bemerkt.

Amy folgte ihrem Blick. »Ist das nicht gut mit dem Regen?«

Maxime verschränkte die Arme vor der Brust und ging zur Terrassentür.

»Ein bisschen Wasser können die Pflanzen schon gebrauchen, aber wenn es zu doll regnet, schwemmt zu viel Erde weg, und die Trauben werden nicht reif. Außerdem können sich Pilze bilden. Jetzt haben sie auch noch Wind und weitere Gewitter angesagt. Alles in allem sind das keine guten Aussichten.« Er drehte sich um, kam zum Tisch und nahm sich einen Kaffee. »Aber da kann man leider nichts dran ändern.«

»Und was machst du heute, Cora?« Pascal hatte die ganze Zeit geschwiegen.

»Ich … ich muss an meinem Artikel arbeiten«, log sie. In Wirklichkeit wollte sie zu Lucas. Sie wollte und würde ihm helfen. Ihre Angst, das Château zu betreten, sollte sie so schnell wie möglich überwinden.

»Aha.« Pascal zuckte nur mit den Schultern.

Cora beobachtete ihn genau. Amys Worte würden sie fortan auf der Hut sein lassen.

Sie hatte sich mit Lucas um zehn Uhr verabredet. Dass dieser Gang zum Château ihr so schwerfallen würde, hatte sie nicht gedacht.

Sie verließ das Haus durch die vordere Tür. Es regnete immer noch leicht. Sie begrüßte kurz die Davingtons, die durch die große Frontscheibe ihres Wohnmobils winkten, und schlenderte gemächlich an der Scheune vorbei, wo Maxime, Pascal und Amy Hölzer auf einen Anhänger luden. Dann ging sie um das Haus und über die Terrasse und schlug den Weg zum Château ein. Das Gras war heute rutschig, und sie musste aufpassen, wohin sie trat. Unten im Tal hingen über dem Türmchen und den Zinnen des Château de Mérival dickere Nebelschwaden. Es sah wie ein verwunschenes Märchenschloss aus. Cora mochte dieses Haus vom ersten Augenblick an. Sie verbot sich die Gedanken daran, aber manchmal hatte sie schon davon geträumt, dort im Park die Blumen zu pflegen, morgens mit einem der Pferde vom Hof zu reiten, und einmal sah sie sich sogar aus dem Haus kommen, und zwei braune Hunde tollten um ihre Beine. Sie musste jetzt bei dem Gedanken kichern und strich sich eine feuchte Haarsträhne aus dem Gesicht. Ihr machte der Regen nichts aus, aber was ihre Träumereien betraf, sollte sie sich vielleicht in Acht nehmen. Zu schwer würde sonst eines Tages der Abschied, denn Träume blieben nun mal meistens Träume.

Cora beäugte den Hof, als sie über die Rasenfläche auf das Haupthaus zuging. Isabels großen Geländewagen konnte sie nirgendwo erspähen. Das war schon mal gut. Sie hatte noch genau die Worte im Ohr, die Isabel zu ihr gesagt hatte.

Lucas empfing sie an der Tür. »Schön, dass du da bist. Ich war schon im Büro, aber ich würde lügen, wenn ich sagen würde, dass ich da alleine klarkomme.«

Cora lachte. »Ich bin zwar keine Fachfrau, aber schauen wir mal.«

Die Eingangshalle überwältigte Cora sofort wieder. War das Haus von außen schon beeindruckend, wirkte es im Innern sogar einschüchternd. Eher wie in einem Museum standen feinste Möbel akkurat plaziert an den Wänden, Möbel, die einfach nur so dastanden, ohne dass man sie wirklich benutzte. Und durch die überdimensionalen Ölgemälde an den hohen Wänden, von denen mit düsteren Blicken unzählige Ahnen herabschauten, fühlte man sich sofort beobachtet. Wie beim letzten Mal war es wieder so still, dass ihre Schritte und das Geräusch von Lucas' Rollstuhlrädern bis in den letzten Winkel zu hallen schienen. Hier müsste, dachte sie, mal etwas freundliche Farbe an die Wände, würde man die schweren Vorhänge austauschen, käme auch mal Licht durch die Fenster, und ein Radio würde der gespenstischen Stille Abhilfe schaffen. Ihr war das alles zu kalt und zu duster.

Lucas führte sie zu dem großen Arbeitszimmer, in dem sie bereits zweimal mit Mergot zusammengetroffen war. Sie versuchte, die Abneigung gegen diesen Raum zu verscheuchen, indem sie sich immer wieder sagte, dass es in Wirklichkeit Roberts Arbeitszimmer war.

»Voilà.« Lucas rollte gleich quer durch den Raum auf den großen Schreibtisch zu. »Wir müssen nachsehen, was Robert als Letztes zu tun hatte und welche Aufgaben noch anstanden. Ich glaube, die Flaschen müssen noch bestellt werden. Die Etiketten für diesen Jahrgang hab ich irgendwo schon gesehen. Dann müssen wir die Agentur anrufen, die die Leiharbeiter organisiert, und die Felder müssen schon mal eingeteilt werden. Ist immer gut, wenn man das früh genug erledigt, sonst bekommt man keine guten Leute zur Ernte. Einige Kisten Wein müssen noch verschickt werden. Im Fax lagen die Bestellungen der letzten Tage.« Er fuhr hinter den Schreibtisch. »Und über die Finanzlage müssen wir uns einen Überblick verschaffen.«

Cora hatte keine Ahnung, wirklich keine Ahnung. Sie hatte Büroarbeit bisher immer vermieden. Aber um Roberts willen würde sie versuchen, sich so nützlich wie möglich zu machen.

»Cora, vielleicht kannst du nachher die Telefonate übernehmen. Einige unserer Zulieferer und auch die Kunden sind vielleicht beruhigter, wenn sich ihnen als neue Stimme des Château de Mérival eine Frau vorstellt.« Er zwinkerte ihr zu.

»Wenn du meinst.« Cora versuchte, ihre Nervosität zu unterdrücken.

Zwei Stunden später waren sie beide schon ganz gut eingearbeitet. Lucas hatte den Schreibtisch in Beschlag genommen und alle Arbeiten sortiert. Cora hatte wiederum die Bestellungen sortiert und schon die Lieferscheine beschriftet. Robert war gut organisiert, und es war recht einfach, die Abläufe zu verstehen. Es gab umfangreiche Preislisten für die Weine und eine gut geführte Kundendatei. Daher war es Cora auch ein Rätsel, dass sich seit Roberts Unfall weder Isabel noch Catherine Chevalier oder Mergot die Mühe gemacht hatten, den Betrieb aufrechtzuerhalten. Selbst die Post der letzten Woche lag noch ungeöffnet auf einem Stapel.

Lucas gab allerdings ein Stöhnen von sich, als er sich an eben diesen Stapel machte. »Rechnung, Rechnung, noch eine Rechnung.« Nach einer Weile blickte er nachdenklich auf den Stoß der Bestellungen, den Cora abarbeitete. »Das wird auf Dauer wohl nichts. Ich habe die Geschäftskonten schon kontrolliert und die Bilanzen der letzten zwei Jahre. Robert arbeitet immer mit dem letzten Cent. Und die Erhaltungskosten des Hauses und die persönlichen Wünsche der Damen kommen noch dazu. Da hätte Mergot für sein Töchterchen ja auch mal was aus der Tasche holen können. Schau hier, warum muss ihr Pferd jeden Monat Spezialfutter im Wert von vielen hundert Euro fressen? Ist unser Heu und der Hafer nicht gut genug?«

Cora musste lächeln. Lucas hörte sich ein bisschen an, als hätte er diesen Schreibtisch schon länger unter seinen Fittichen. Sie machte eine Pause und stützte sich mit beiden Händen auf den Schreibtisch. Das Holz war warm und fühlte sich irgendwie weich an.

»Strandkiefer. Hat mein Vater mal anfertigen lassen. Schöne Arbeit, was?« Lucas strich bedächtig über die Maserung.

Coras Blick wanderte zu dem Foto, das auf dem Kaminsims stand. »Ist er das?«

Lucas folgte ihrem Blick. »Ja, das war mein Vater. Wenn er noch leben würde, hätte sich Robert auf diesen ganzen Unsinn mit Mergot nicht eingelassen.« Er setzte sich aufrecht hin und legte den Kopf in den Nacken. »Mein Vater hat zwar hier eingeheiratet, aber er hat die Traditionen gebührend weitergeführt, als wäre es sein eigener Familiensitz. Er kannte auch meinen Großvater noch. Da mein Großvater keinen Sohn hatte, war mein Vater damals seine erste Wahl, um das Haus in guten Händen zu wissen.«

»Aber deine Mutter wurde auch schon noch gefragt, oder?«

»Doch, ja.« Lucas lachte leise. »Und ich glaube, sie hat meinen Vater sehr geliebt. Allerdings war sie immer schon etwas … schwierig, und sein plötzlicher Tod hat sie ziemlich aus der Bahn geworfen. Glaube ich zumindest, ich war ja nicht mehr hier. Wir sahen uns kurz auf der Beerdigung.« Er schlug die Augen nieder.

»Tut mir leid.« Cora fühlte sich bedrückt. Sie spürte, wie sehr Lucas seinen Vater geschätzt hatte, und dass dieser verstarb, ohne dass er noch mal die Chance gehabt hatte, ihn zu sehen, war sicherlich sehr schwer.

Gerade als sie sich wieder an die Arbeit machen wollten, wurde die Tür zum Arbeitszimmer aufgerissen. Isabel stand plötzlich im Raum und funkelte sie beide wütend an. »Was geht hier vor?«

Lucas bemühte sich um einen ruhigen Ton. »Wir arbeiten, Isabel. Hier ist ja leider einiges liegengeblieben.«

»Ihr habt hier nichts verloren, und Sie«, sie fixierte Cora, »schon gar nicht!«

Lucas straffte sich. »Isabel, ich habe es euch gestern erklärt. Robert hat mir die Geschäfte übertragen. Und ich glaube, das ist auch gut so, denn das alles hier«, er machte eine Handbewegung über den Schreibtisch, »hat weder dich noch deinen Vater anscheinend sonderlich interessiert. Das Château de Mérival ist ein Weingut. Man muss sich also um den Wein kümmern. Cora hilft mir, denn sonst ist ja niemand da, der sich dieser Arbeit annimmt.«

»Das wird noch ein Nachspiel haben. Papa lässt prüfen, ob das überhaupt rechtens ist, dass du dich hier so einmischst. Pack mal deine Tasche lieber nicht aus. Kann sein, dass du schon bald wieder abreisen kannst.« Sie machte auf dem Absatz kehrt und verschwand wieder.

Cora brauchte einen Augenblick, um diesen Schreck zu verdauen. »Chapeau, dass du so ruhig geblieben bist. Meine Güte, das ist aber auch eine …«

»Ziege, sag es ruhig, wie es ist. Du hättest sie gestern mal erleben sollen. Aber ich glaube, im Grunde hat sie nur Angst, dass ich ihr ihr Taschengeld streiche. Sie hat sich von Robert ganz gut aushalten lassen. Wie konnte der nur so blind sein … Ich meine …« Er schüttelte den Kopf. »Ich warne dich vor, meine Mutter platzt hier heute bestimmt auch noch rein.«

»Auweh.« Cora grinste schief.

19

Als Cora am Nachmittag das Château verließ, war sie total erschöpft von dem ganzen Papierkram. Sie hatte zudem mit drei Kunden telefoniert und mit dem besten Französisch, das sie aufwarten konnte, erklärt, dass ihr die Verzögerung der Bestellungen leidtue und auf dem Château de Mérival jetzt alles wieder seinen gewohnten Gang nehme. Sie schien recht erfolgreich gewesen zu sein, denn alle bedankten sich für den Anruf und ließen Robert die besten Genesungswünsche ausrichten. Dann hatte sie noch die Bestellungen in den Weinkeller gebracht. Hier war Francos Reich, denn nur er wusste außer Robert, wo welcher Jahrgang gelagert war.

Jetzt ging sie durch den Park zurück und atmete tief ein und aus. Die Regenwolken des Morgens hatten sich verzogen, und der Nachmittagshimmel strahlte in einem kräftigen Blau. Nur hier und da trieben ein paar Schäfchenwolken vom Atlantik her über das Land. Am Strand war es jetzt sicherlich herrlich. Cora nahm sich vor, in den nächsten Tagen unbedingt wieder ans Meer zu gehen. Schließlich war sie nur wenige Kilometer davon entfernt. Ja, sie sollte das auskosten, solange sie noch hier war.

Gerade als sie vom Park in die Weinstöcke gehen wollte, von wo der Weg nach oben auf den Hügel zu der Domaine Levall führte, hörte sie ein Räuspern. Catherine Chevalier stand plötzlich neben einem akkurat geschnittenen Busch und verschränkte die Arme vor der Brust.

Cora erschrak, straffte sich aber sogleich. Sie hatte sich geschworen, den Frauen des Châteaus die Stirn zu bieten.

»Wie ich höre, haben Sie sich also auch in unser Haus eingeschlichen?«

Ihr Ton war so herablassend, dass Cora dachte, die Erde würde sich unter ihr auftun, weil sie ein so niederer Mensch war. Doch sie schob die Schultern zurück und hob ihr Kinn.

»Ich habe mich nicht eingeschlichen, ich bin auf Wunsch Ihres Sohnes Robert hier und um Lucas zu helfen.«

»Ach, sind Sie jetzt seine Pflegerin?«

Cora schnaubte. »Nein, er kommt sehr gut alleine zurecht. Es geht um die Belange des Châteaus, und da ist ja in letzter Zeit einiges liegengeblieben.«

»Und da meinen Sie, Sie sind qualifiziert genug dafür? Übrigens glaube ich nicht, dass Robert das wirklich alles so veranlasst hat.« Jetzt war es Catherine Chevalier, die verächtlich schnaubte.

Cora erwiderte scharfzüngig: »Zumindest wage ich mich da ran, was man von Ihrer zukünftigen Schwiegertochter und Ihnen anscheinend nicht behaupten kann. Und wegen Robert – fahren Sie doch zu ihm und fragen ihn einfach. Er wird Ihnen das schon bestätigen.«

»Was erlauben Sie sich ...«

Cora wurde nun wirklich wütend. »Was ich mir erlaube? Ich erlaube mir, Ihren Söhnen zu helfen, was beide im Moment ganz gut gebrauchen können. Der eine liegt schwer verletzt danieder, und der andere trägt eine Aufgabe, die für zwei Schultern alleine fast ein bisschen groß ist. Was ...« Sie riss die Arme empor und erschrak ein bisschen über ihren Ausbruch, aber dieser Frau musste doch mal jemand die Meinung sagen. »Was sind Sie eigentlich für eine Mutter? Waren Sie schon bei Robert? Haben Sie ihn überhaupt einmal in den letzten Jahren unterstützt? Von Lucas mal gar nicht zu sprechen.«

Catherine Chevalier richtete drohend einen Zeigefinger auf Cora. »Hören Sie auf, sich in unsere Familie einzumischen. Warum sind Sie eigentlich wieder hier? Hat Ihnen der junge Levall so schöne Augen gemacht?«

Dass sie ihr auswich, war für Cora ganz klar ein Zeichen, dass sie einen Nerv getroffen hatte.

»Madame Chevalier, um mich geht es wahrlich nicht bei dem Ganzen. Es geht sehr wohl um Ihre Familie oder das, was davon noch über ist. Ihre beiden Söhne würden alles geben, um das alles hier in Ehren zu halten, und Sie machen gemeinsame Sache mit diesem Mergot. Das mit dem Hotel und den Ferienhäusern kann doch nicht Ihr Ernst sein.«

»Unsere wirtschaftlichen Planungen gehen Sie gar nichts an.«

»Solange mein Stück Land davon betroffen ist und Sie gedenken, ihre Nachbarn zu vertreiben, bei denen ich wohne, geht mich das sehr wohl etwas an.«

»Das Angebot von Monsieur Mergot steht übrigens noch.«

»Bitte?« Das brachte Cora jetzt aus dem Konzept.

»Wenn Sie Ihr Land an Monsieur Mergot verkaufen wollen, steht das Angebot noch. Monsieur Mergot hat sich zwar zunächst zurückgezogen. Er möchte keinen Ärger mit Lucas.« Ihr Ton ließ heraushören, dass das nur eine Ausrede war. »Doch wenn Robert wieder da ist, wird hier alles wie geplant weiterlaufen.«

»Danke, aber nach wie vor möchte niemand von uns verkaufen.«

»Und da sind Sie sich sicher?«

»Ja.« Nein, sie war sich gerade nicht mehr sicher, zumal Amy am Morgen so komische Andeutungen gemacht hatte. »Und jetzt entschuldigen Sie mich bitte.« Mit strammen Schritten ging sie davon. Sie spürte regelrecht, wie Catherine Chevalier sie von hinten mit ihrem Blick erdolchte. Erst als sie das erste Weinfeld durchquert hatte, atmete sie tief aus. Sie wusste nicht, ob sie solchen Zusammenstößen öfter gewachsen wäre. Hoffentlich kam Robert schnell zurück und sorgte für Klarheit in seinem Haus.

Die Bemerkung, dass Mergots Angebot noch stehe, ließ sie allerdings nicht mehr los. Der Mann war nicht dumm. Natürlich hatte er immer noch einen Vorteil. Wenn er die drei Landstücke kaufen würde, dann lägen ganze eineinhalb Hektar zwischen Roberts und Maximes Land in seiner Hand. Einer der beiden würde womöglich früher oder später auf dieses Land angewiesen sein. Somit stand Mergot wieder genauso da wie zu Beginn. Robert würde Mergot vielleicht standhalten können. Das Château hatte schließlich auch ohne Mergots Pläne überlebt. Aber Maxime – ihm würde dieses Land fehlen. Vielleicht würde Mergot einfach die Domaine Levall übernehmen und seine Pläne nach dort verlegen, wenn auch vielleicht nur, um sich an Robert zu rächen. Eine grausige Vorstellung für alle. Hoffentlich blieben Amy und die Davingtons bei ihrem Wort.

Cora nahm sich am Abend Amy zur Seite. »Hey, können wir noch mal über das Thema von heute Morgen sprechen?«

Amy folgte ihr hinaus auf die Terrasse. »Was, über die Sache mit dem Geld?«

»Ja genau. Ich meine, du warst doch erst so überzeugt, dass du dein Land auf keinen Fall verkaufen würdest. Jetzt scheinst du aber darüber nachzudenken.«

Amy schien verlegen. »Ja weißt du, ich meine … Ich weiß ja auch nicht, wie es hier weitergeht. Wenn Maxime doch noch die Domaine verliert, was soll ich dann noch mit meinem Land? Natürlich will ich das alles hier retten, und ich bin auch wirklich gerne hier, aber … Ach, ich weiß auch nicht.«

»Aber momentan sieht es doch gar nicht so übel aus. Wenn Maxime es schafft, in der ausgehandelten Frist wieder mit der Bank ins Reine zu kommen …«

Amy hob hilflos die Arme. »Das ist es ja. Ich habe mich zwar dafür eingesetzt und ihm geholfen, da etwas Zeit zu gewinnen, war mir aber letztendlich nicht ganz klar darüber, wie es hier in Wirklichkeit ausschaut.« Sie ließ die Schultern hängen. »Doch jetzt habe ich mehr erfahren und Einblick bekommen, wie es um die Domaine steht. Maxime hat viele Schulden, und das alles wird mit dem Wein allein nicht aufzufangen sein. Ich glaube, das weiß er inzwischen auch. Aber er ist ein Sturkopf.«

»Du meinst also, er will es einfach nur bis zum letzten möglichen Zeitpunkt aussitzen und dann die Segel einholen?«

»Ich befürchte, ja. Er macht nicht den Eindruck, als wollte er weiterkämpfen.«

»Hm.« Cora blickte nachdenklich in die Ferne. Sie hatte bei den ganzen Sorgen um Robert und das Château Maximes Standpunkt wirklich etwas aus den Augen verloren. Selbst wenn es mit dem Château eines Tages wieder besser lief, wäre damit Maxime und seiner Domaine nicht geholfen. »Ach verdammt«, fluchte sie.

Amy legte ihr die Hand auf die Schulter. »Cora, ich weiß, dass du hier einen großen Kampf führst, um irgendwie allen zu helfen. Allerdings frage ich mich, warum du das tust? Willst du wirklich den Menschen hier helfen, oder versuchst du nur dir selbst zu helfen?«

»Wie sollte ich mir damit selbst helfen?«

»Na ganz einfach, indem du dich von deinen eigenen Sorgen ablenken kannst und dich gut fühlst, wenn du hier etwas erreichst.«

»Ja, aber ist das nicht … selbstverständlich … also dass … man hilft?« Amys Worte hatten Cora sehr verwirrt.

»Denk mal drüber nach«, sagte Amy und ließ Cora allein.

In Coras Kopf rauschte es. Sie lief schnurstracks durch die Weinfelder auf den Wald zu. Es wurde schon langsam dunkel, aber der aufgehende Mond wies ihr den Weg. Mit schnellem Schritt legte sie die wenigen Kilometer bis zu den Dünen zurück. Sie atmete schwer, und ihr Herz klopfte bis zum Hals. Dennoch erklomm sie die erste Düne. Oben blieb sie stehen. Vor ihr lagen der breite Strand und dahinter das Meer. Sie sackte in sich zusammen und fiel auf die Knie. Tränen rollten über ihre Wangen. Hatte Amy recht? Hatte sie sich hier in etwas verrannt, weil sie sich so vor ihrem eigenen Leben versteckte? Sie hatte geglaubt, es war

Schicksal gewesen, dass sie hier gelandet war und dass sie es geschafft hatte, manche Dinge wieder geradezubiegen. Aber war das wirklich ihre Aufgabe? Vielleicht war das auch alles umsonst. Maxime würde eines Tages die Domaine verlassen, Lucas wieder nach Bordeaux gehen und Robert vielleicht mit Isabel eine glückliche Ehe führen. War das, was sie sich wünschte, hier vielleicht gar nicht der Wunsch aller anderen? Sie krallte ihre Hände in den Sand der Düne. Vielleicht sollte sie sich einfach raushalten. Lucas und Robert hatten jetzt alle Möglichkeiten, Maxime musste selbst entscheiden, und Mergot war auch nicht ihre Baustelle. Vielleicht … vielleicht sollte sie darüber nachdenken, wieder zurück nach London zu gehen. Oder an irgendeinen anderen Ort. Ihre Artikel konnte sie auch woanders schreiben, genug Stoff hatte sie ja zusammen.

20

Am nächsten Morgen war Cora drauf und dran, ihre Abreise zu verkünden. Die letzte Nacht war für sie ein Alptraum gewesen. Nicht nur, dass wieder ein schweres Gewitter über das Land gezogen war, sie hatte auch vor Selbstzweifel keine Ruhe gefunden.

Amy sah sie ein paarmal prüfend an. Wusste sie, was sie mit ihren Worten ausgelöst hatte? Cora war einfach nur nach Weglaufen zumute. Aber selbst da wusste sie nicht, ob das dann das Richtige war.

Gerade als sie den Mund aufmachen wollte, stürmte der Inspecteur ins Haus. Valeska ließ vor Schreck fast den Korb mit dem Brot fallen.

»Können Sie nicht anklopfen?« Maxime war sofort auf den Beinen.

»Maxime Levall, ich muss Sie bitten, uns zu begleiten. Ich möchte die Befragung heute in meinem Büro durchführen.«

»Heute? Können Sie so was nicht vorher anmelden?« Maxime sah völlig verwirrt aus.

»Robert Chevalier hat die Aussage seiner Mutter bestätigt, dass Sie und er sich gestritten und Sie ihm dann gedroht haben.«

Jetzt war es Cora, die aufsprang. »Das kann nicht sein!«

Alle Blicke richteten sich auf Cora.

»Bitte?« Der Inspecteur sah sie irritiert an.

Cora ging zu Maxime und stellte sich neben ihn. »Robert Chevalier hat mir persönlich bestätigt, dass es genauso war, wie Monsieur Levall gesagt hat. Sie haben sich weder gestritten, noch hat Monsieur Levall ihm gedroht. Im Gegenteil.«

Der Inspecteur verzog etwas das Gesicht. »Madame, ich habe von Madame Chevalier die schriftliche Bestätigung, dass ihr Sohn Robert aufgrund seiner Verletzungen momentan nicht im Vollbesitz seiner geistigen Kräfte ist, und zum anderen eine Versicherung von Eides statt, in der sie bestätigt, dass ihr Sohn ihr vor seinem Unfall genau das berichtet hat, was sie an uns weitergegeben hat.«

»Aber sie lügt!« Cora war verzweifelt.

»Monsieur Levall, würden Sie mich also bitte begleiten.« Der Inspecteur deutete auf die Tür.

Als Maxime mit dem Beamten das Haus verließ, kamen fast zeitgleich von draußen die Davingtons herein.

»Was ist denn hier los?« Mrs. Davington sah Maxime besorgt hinterher und schaute dann in die Runde.

»Das kann doch nicht wahr sein!« Cora hob entsetzt die Arme. »Ich habe doch mit Robert gesprochen.«

»Beruhig dich.« Amy war inzwischen auch aufgestanden und wanderte in der Küche auf und ab. »Bist du sicher, dass Robert wirklich … klar im Kopf war, als du bei ihm warst?«

»Natürlich. Er hat mir bestätigt, dass er dieses Gespräch mit Maxime im Guten geführt hat, und dann hat er auch Lucas die Leitung der Geschäfte übertragen.«

Pascal schaute Cora an. »Genau ab dem Punkt hätte sich jeder von uns hier«, und er sah nun zu Valeska, »Gedanken über seinen Geisteszustand gemacht.«

»Warum?« Cora sah, wie zwischen Valeska und Pascal die Blicke wechselten.

»Ach, Cora.« Valeska trat zu ihr und senkte verlegen den Kopf. »Es gibt vieles, was du nicht weißt. Also Lucas war nach dem Unfall nie wieder so wie vorher. Natürlich war das auch mit seiner Mutter schwer, aber … Ich weiß ja nicht, was er dir erzählt hat, aber es hat einen Grund, warum er vor Jahren das Château verlassen hat.«

»Was? Was ist passiert?«

Pascal schüttelte den Kopf. »Er hat versucht, es abzubrennen.«

»Was?« Cora blieb vor Schreck der Mund offen stehen.

»O Scheiße, und ich habe ihn jetzt zurückgebracht?«

Amy hob die Hand. »Nein, das war schon Robert. Allerdings … Wir sollten wirklich herausfinden, wie es um seinen Geisteszustand steht. Wenn er das alles im Delirium gesagt und getan hat …«

»Nein, er war wirklich bei Sinnen. Ich habe vorgestern auch noch mit ihm telefoniert. Da war er auch ganz klar. Ach verdammt!« Cora fasste sich mit beiden Händen an den Kopf.

Amy machte ein entschlossenes Gesicht und stemmte die Hände in die Hüften. »Okay. Cora, wir fahren nach Bordeaux zu Robert und klären das. Irgendwer spielt hier ein falsches Spiel. Pascal, du fährst hinter Maxime her. Es ist, glaube ich, besser, wenn er Unterstützung hat, solange wir keine Klarheit haben.« Plötzlich war in Amy die Anwältin wieder da. »Maxime soll keinen Ton sagen, bis wir sicher wissen, woran wir sind.«

»Können … können wir etwas tun?« Mr. Davington stand etwas hilflos im Raum.

»Nein, halten Sie hier einfach die Stellung und leisten Sie Valeska Gesellschaft.«

Cora folgte Amys Blick und sah, dass die arme Valeska kreidebleich in der Ecke stand und ganz nervös ihre Schürze knetete. Das war zu viel für sie, was hier geschah.

Als sie im Auto saßen, konnte Cora sich nicht verkneifen, Amy auf ihre gestrigen Worte anzusprechen. »Hey, du hast mir gestern ganz schön zugesetzt. Eigentlich wollte ich vorhin sagen, dass ich abreisen werde.«

»Tut mir leid, Cora, wenn ich da bei dir einen wunden Punkt getroffen habe. Versteh mich bitte nicht falsch, aber …« Amy seufzte und legte die Hände in den Schoß. »Ich war mal genauso wie du. Ich war sogar noch schlimmer, denn als Anwältin war andere Leute retten und sich dabei vergessen an der Tagesordnung. Und schau, was aus mir geworden ist. Ich wohne in einem Bauwagen mit ein paar Hühnern und habe ein Kompostklo.«

Cora starrte auf die Straße. »Meinst du wirklich, ich verrenne mich in was?«

»Das weiß ich nicht, Liebes. Du musst schon deinem eigenen Gefühl folgen. Nur neulich im Wald, als wir euphorisch schworen, dass wir hier alles wieder geradebiegen, da hab ich mich hinterher dran erinnert, wie ich mal war. Und genau da fühlte ich mich plötzlich wieder. Deswegen …«

»Deswegen hast du auch plötzlich in Frage gestellt, ob das alles richtig ist«, vollendete Cora den Satz. Sie verstand, was Amy ihr hatte sagen wollen.

»So gesehen sind wir beide etwas verrückt. Du setzt dich für dieses Château ein, obwohl es für dich gar nichts bringt. Ich versuche, Maxime zu helfen, und bin mir nicht mal sicher, ob er das so in der Form überhaupt will.«

»Aber wenn man nicht alles so schwarzmalt, dann könnte vielleicht doch noch irgendetwas Gutes dabei rauskommen.«

»Ja, natürlich«, sagte Amy lächelnd. »Aber verzeih mir bitte, wenn ich manchmal etwas schwarzsehe. Ich bin schon einmal tief gefallen, sehr tief.«

Cora versuchte, ihr auch ein Lächeln zu schenken, obwohl sie in den letzten Tagen ein kleines bisschen Vertrauen in Amy verloren hatte.

»Hey, okay.« Amy setzte sich nun etwas aufrechter hin. »Wir sehen jetzt auf jeden Fall, dass wir Maxime irgendwie helfen. Denn dass er womöglich noch beschuldigt wird, können wir nun wirklich nicht hinnehmen. Und dann … schauen wir mal. Ich verspreche, auf jeden Fall dabeizubleiben, bis zumindest für die Levalls alles wieder geklärt ist. Wie weit du mit den Chevaliers gehst, musst du selbst entscheiden. Entweder schaffen wir es, hier wieder Ruhe reinzubringen, oder wir gehen mit dem Schiff unter.«

»Okay, also wie gehabt.«

»Wie gehabt. Und wenn ich wieder schwarzmale, nimm es dir nicht ganz so zu Herzen.«

»Na ja, ein bisschen zum Nachdenken hast du mich schon gebracht.« Cora musste an ihre durchwachte letzte Nacht denken.

»Manchmal braucht man das, um wieder klar sehen zu können.«

»Hm.« Das hatte Amy auf jeden Fall geschafft. Gefühlsmäßig so kalt geduscht wie gestern hatte sie schon lange nicht mehr.

21

Robert öffnete die Augen, als er hörte, wie sich die Tür seines Zimmers öffnete. Er hatte eine Schwester erwartet. Als er sah, dass Cora und Amy in das Zimmer kamen, richtete er sich so ruckartig auf, dass ein stechender Schmerz seine Seite durchfuhr.

»Hey, was macht ihr denn hier?«

Cora lächelte ihn an, was sein Herz gleich erwärmte.

»Hallo, Robert«, sagte sie, dann zu Amy: »Guck, ich sagte doch, der ist fit.«

Robert warf ihr einen fragenden Blick zu. »Na ja, tanzen gehen kann ich noch nicht. Aber jetzt zu euch. Ihr seid doch nicht ohne Grund hier. Ist was passiert?«

»Du musst versprechen, dich nicht aufzuregen.« Cora druckste rum.

»Wenn du schon so anfängst, dann …«

Amy unterbrach ihn. »Okay, wir haben nicht viel Zeit. Also, deine Mutter behauptet, dass du nicht im Vollbesitz deiner geistigen Kräfte bist, und zudem hat sie eine eidesstattliche Versicherung abgegeben, dass du dich mit Maxime gestritten hast. Du weißt, um welches Gespräch es geht.«

»Ja natürlich weiß ich das. Warum um Himmels willen tut sie das? Und ich bin geistig absolut in Ordnung.« Er sah die beiden verwirrt an. War er doch, oder?

»Gut«, sagte Amy, »dann trete ich jetzt mal als deine neue Anwältin auf und werde mir deinen gesunden Geisteszustand von den Ärzten quittieren lassen. Das müsste Maxime fürs Erste schon mal helfen.«

»Wieso, was ist mit Maxime?«, fragte Robert.

Cora trat an sein Bett. »Man hat Maxime heute Morgen zur Vernehmung mitgenommen. Er wird aufgrund der Aussage deiner Mutter nun wohl unter Tatverdacht gestellt.«

Amy machte ein bitterernstes Gesicht. »Das Ganze hört sich verdächtig danach an, dass deine Mutter dich für unzurechnungsfähig erklären lassen will. Somit wäre auch deine Entscheidung, Lucas die Geschäfte auf dem Château zu übertragen, hinfällig.«

Robert hob die Hand. »Moment, ich weiß, worauf du hinauswillst. Ich habe Lucas ganz bewusst gewählt, weil ich Mergot nicht traue. Ich traue weder ihm noch meiner Mutter noch Isabel. Ganz abgesehen davon können die das Château gar nicht führen. Sie haben keine Ahnung vom Weinbau. Egal, was meine Mutter sagt, alles, was zwischen mir und meinem Bruder gestanden hat, ist momentan nicht wichtig.« Er lachte kurz auf, wobei seine Rippen höllisch schmerzten. »O Mann, erst er und jetzt ich.«

»Was meinst du damit?« Cora sah ihn misstrauisch an.

Robert hob verzweifelt die Hände. »Lucas war damals so fertig nach dem Unfall. Durch die ganzen Streitigkeiten mit unseren Eltern … Er wusste nicht mehr, was er tat.« Er legte sich die rechte Hand auf die Stirn. Diese alten Geschichten würden seine Familie wohl nie loslassen. »Meine Mutter hat ihn dann auch für geistig verwirrt einstufen lassen. Das hat ihm dann noch mal eine gehörige Portion Probleme bereitet. Ich konnte nichts dagegen machen. Er ist dann nach Bordeaux, und den Rest kennt ihr ja.«

»Aber du vertraust ihm so weit, dass du ihm jetzt dein Weingut anvertraust?« Amys Ton war immer noch sehr sachlich.

»Ja, natürlich, er ist immer noch mein Bruder. Er ist dort aufgewachsen und kennt alles ebenso gut wie ich.«

Amys Gesichtsausdruck wurde etwas weicher. »Gut. Ich denke, wir brauchen keine Angst zu haben, dass deine Mutter mit diesem Versuch durchkommt. Ich werde dafür sorgen, dass es dabei bleibt, dass Lucas zunächst das Château weiterführt. Deine Mutter aber wird sich unter Umständen wegen der falschen Aussage und vor allem der gefälschten eidesstattlichen Versicherung verantworten müssen.«

»O Mann, wenn ich doch nur endlich hier raus könnte. Dass sie mir so in den Rücken fällt!«

»Nicht aufregen.« Cora legte ihm die Hand auf den Arm.

»Ich versuche es.«

»Wie geht's dir sonst so?«

Es war sicherlich freundlich von Cora gemeint, aber er fühlte sich gerade, als würde bei weitem mehr über ihm zusammenbrechen als nur eine Scheune. »Geht so«, murmelte er daher nur.

»Ich geh mal und lass mir deinen Gesundheitszustand von der Ärztin bestätigen. Ich hoffe, wir brauchen nicht noch ein psychologisches Gutachten.«

»Amy, tu bitte, was immer du tun musst, damit meiner Mutter die Hände gebunden werden.« Robert vertraute ihr, auch weil Cora es anscheinend tat.

»Ich werde es versuchen.« Sie verließ den Raum.

»Das tut mir so leid, Cora, dass ihr in diese ganze Sache so reingezogen werdet. Ich habe das alles nicht so gewollt.«

»Ich weiß.«

»Wenn ich hier rauskomme, gibst du mir dann noch eine zweite Chance?« Er bemerkte sofort, wie sie sich bei diesen Worten etwas zurückzog.

»Robert, Isabel ist auch noch da. Ich glaube, das solltest du dann vorher klären.«

»Für mich gibt es da nichts zu klären, Cora. Mit Isabel verbindet mich wirklich nichts mehr. Und wenn ... wenn du mir keine zweite Chance gibst oder mich dann doof findest, was ich dir nicht mal verübeln könnte nach dem ganzen Theater, dann bleibe ich lieber alleine.« Es fühlte sich an, als würde ein riesengroßer Stein von seiner Brust gehoben, als er diese Worte endlich aussprach. »Ich werde das Isabel auch sagen, sobald ich ihr wieder gegenüberstehen kann.«

22

Cora konnte an gar nichts anderes mehr denken. Sie fuhr mit Amy wieder in Richtung Norden. Die Straße rauschte unter ihr durch, seitlich zogen die Landschaften und Dörfer des Médoc vorbei.

Es waren die Worte gewesen, die sie sich von Robert erträumt hatte. Er hatte sie ausgesprochen. Das veränderte wieder alles. Natürlich würde sie ihm eine zweite Chance geben. Und wenn das bedeutete, er und sie würden zueinanderfinden, dann wäre das so. Allein bei dem Gedanken klopfte ihr Herz wie verrückt.

»Alles okay bei dir?« Amy riss Cora aus ihren Gedanken.

»Ja. Entschuldige, hattest du was gesagt?«

»Ich sagte, dass die Ärztin recht verwundert war, als ich nach Roberts geistiger Verfassung fragte. Sie sagt, es gebe keinen Grund zu glauben, dass das nicht so wäre. Und«, sie wedelte mit einem Blatt Papier, »das hat sie mir auch schriftlich gegeben. Damit ist Maxime erst mal entlastet, und der Herr Inspecteur hat erst mal genug damit zu tun, diese und die Aussage von Madame Chevalier zu prüfen. Und ich denke, die Madame wird da einige Probleme bekommen.« Amy grinste zufrieden.

»Vielleicht schlagen wir damit noch mehr auf das Wespennest. Das ist ihr doch bestimmt nicht alleine eingefallen. Ich schätze, Mergot steckt dahinter und will so seinen Einfluss auf das Château wiederhaben, mit oder ohne Robert, das ist ihm wahrscheinlich egal. So was wie dieses Weingut fehlte ihm vermutlich noch in seiner Sammlung der Must-haves.«

Amy runzelte die Stirn und sah Cora kurz an. »Meinst du, dass er seine Tochter auch nur vorgeschoben hat, um an das Château zu kommen?«

Cora zuckte mit den Schultern und dachte an Roberts Worte. »Ich weiß nicht.« Und sie wusste es wirklich nicht. Vielleicht hatte Robert ja tatsächlich mal an die große Liebe mit Isabel geglaubt. Aber so was kann sich auch wieder ändern. Sie dachte an sich und Ben. Das war nun auch schon eine lange Zeit her. Aber das Gefühl in dem Moment, in dem ihr klar war, dass es zwischen ihnen nicht funktionieren würde, war erdrückend gewesen. Erst mal glaubte man doch, dass es wirkliche Liebe wäre und dass es auch gehen würde, wenn man es nur versuchte. Ben war ein netter Kerl gewesen. Sie waren ein paarmal ausgegangen, hatten sich gut verstanden, hatten recht guten Sex miteinander gehabt, aber nach einigen Monaten hatte sie festgestellt, dass sie im Alltag im Grunde keine Gemeinsamkeiten hatten, geschweige denn, dass sie für sie beide eine Zukunft sah. Es hatte sie sehr traurig gemacht, gleichzeitig aber auch befreit.

Nein, sie musste Isabel gegenüber kein schlechtes Gewissen haben. Robert hatte seine Entscheidung von sich aus getroffen, und vielleicht hätte er das auch so getan, wenn sie, Cora, nicht gekommen wäre.

»Ziehen schon wieder ganz schön viele Wolken auf, hm?« Amy deutete auf den Himmel. Cora schaute kurz von der Straße nach oben. In der Tat schoben sich dicke schwarze Wolkenberge vom Meer her über das Land.

»Cora, hast du dein Handy mit?«

»Ja klar, warum?«

»Ich sollte vielleicht mal Valeska anrufen und fragen, wo wir das Büro dieses Inspecteurs finden. Oder weißt du, wo das ist?«

Gut, dass Amy daran gedacht hatte, sonst hätten sie einen Teil der Strecke noch einmal fahren können. Das Büro des Inspecteurs lag in Lesparre. Sie mussten etwas suchen, bis sie die richtige Straße gefunden hatten, aber dann verriet ihnen Pascals Wagen, der am Straßenrand stand, wo sie halten mussten.

»Puh, der arme Maxime, wenn die ihn seit heute Morgen hier haben.« Amy stieg aus dem Wagen und band sich ihre langen blonden Haare zurück. »So, jetzt hat die Anwältin aber auch ihren letzten Auftritt für heute, hoffe ich.«

Cora folgte Amy in das Gebäude. Im Flur trafen sie auf Pascal. Er sah heute einmal nicht aus wie der junge, toughe Mann, sondern eher etwas zerknittert und besorgt.

»Gut, dass ihr da seid. Ich weiß nicht, was die so lange mit ihm da drin machen. Ich konnte ihm heute Morgen gerade noch von dir, Amy, ausrichten, dass er nichts sagen soll, aber dafür sitzt er da jetzt schon seit Stunden.«

Amy winkte mit dem Blatt Papier. »Keine Sorge, ich denke, er kann gleich mit uns nach Hause.«

»Wart ihr bei Robert?«

Cora nahm Pascal zur Seite, während Amy schnurstracks zum Büro des Inspecteurs marschierte und an die Tür klopfte.

»Ja, waren wir, und er ist absolut zurechnungsfähig. Er hat nochmals das Gespräch mit Maxime bestätigt und dass es keinen Streit gab. Das, was seine Mutter getan hat, hat ihn schon ein bisschen mitgenommen, glaub ich.«

»Hat er sonst noch was gesagt?«

»Nein, wieso?«

»Ich meine nur, wegen dem Unfall? Kann er sich eigentlich an den Tag erinnern?«

»Nein, an den Tag wohl nicht, aber davor weiß er noch alles.«

»Aha. Okay.«

»Warum?«

»Nur so, hätt ja sein können. Irgendwer muss es ja wohl gewesen sein, das mit der Kette.«

Cora zuckte mit den Schultern. »Ich denke, irgendwann wird der Inspecteur schon herausfinden, wer es war. Vielleicht war es auch Catherine Chevalier. Ein bisschen verrückt scheint die ja zu sein.«

»Hm, sag das mal lieber nicht zu laut.« Pascal drehte sich ein bisschen von Cora fort. »Im Grunde kann es ja jeder gewesen sein, oder es war doch ein Unfall.«

Wenig später kam Amy mit Maxime aus dem Büro des Inspecteurs.

»So, alles okay. Maxime kann wieder mit uns nach Hause und ist erst mal von jedem Verdacht befreit.«

»Gott sei Dank.« Cora klatschte in die Hände. Sie freute sich wirklich. »Amy, du bist großartig.«

»Ja, ist sie.« Maxime lächelte Amy dankbar an. »Ich möchte jetzt auch gerne nach Hause. Das war ein ganz schön langer Tag und auch ganz schön langweilig, da so zu sitzen und immer wieder angestarrt zu werden.«

23

Am Abend wollte Cora eigentlich noch zu Lucas, um ihm zu erzählen, was jetzt unter Umständen auf seine Mutter zukam. Doch gerade als sie im Begriff war, die Domaine zu verlassen, begann es draußen heftig zu donnern und zu blitzen.

»Geh da besser nicht raus, Mädchen. Wo willst du überhaupt so spät noch hin?« Maxime saß mit Amy am Küchentisch, und beide tranken ein großes Glas Rotwein.

Cora schaute aus der Terrassentür. »Ich habe Robert versprochen, mit Lucas wegen der Sache mit deren Mutter zu reden.«

»Das solltest du auf morgen verschieben. Es ist gefährlich bei Gewitter draußen zwischen den Weinstöcken. Der ganze Draht in den Reihen, da geht der

Blitz gerne mal rein.« Fast im Sekundentakt wurde es draußen taghell, um sogleich wieder stockfinster zu sein. Der Donner erhob sich zu einem anhaltenden Grollen. Maxime legte die Stirn in Falten. »Ich hoffe, Pascal ist vorsichtig. Er wollte noch den Trecker in die Scheune fahren. Als wenn dieses Jahr nicht schon alles schwer genug wäre. Dieses Wetter ist überhaupt nicht gut. Sie haben im Radio für die nächsten Tage weitere Gewitter angesagt und auch schon die Touristen auf den Zeltplätzen gewarnt, sichere Räume aufzusuchen, wenn es gewittert.«

»Kommt das im Sommer hier öfter vor?« Amy zuckte zusammen, als es jetzt in unmittelbarer Nähe des Hauses laut krachte.

Maxime legte ihr die Hand auf den Arm. »Keine Angst, hier im Haus kann dir nichts passieren.«

Amy sah ihn dankbar an. »Bei mir wurde mal neben meinem Wagen ein Baum vom Blitz getroffen. Ich hab gedacht, mein letztes Stündlein habe geschlagen.«

Cora entging nicht die kurze Phase der Vertrautheit, die beide umgab, und sie räusperte sich. »Dann geh ich mal in mein Zimmer und benutze das Telefon, so denn es funktioniert. Gute Nacht.«

»Gute Nacht«, antworteten beide wie aus einem Mund.

Cora schmunzelte.

In ihrem Zimmer schaltete sie nur die kleine Nachttischlampe an. Inzwischen schlugen auch dicke Regentropfen gegen die Fenster. Sie kuschelte sich auf ihr Bett und holte ihr Handy heraus.

Lucas ging nach wenigen Klingeltönen ran.

»Hi, Cora, hab dich heute vermisst.«

»Hi, Lucas. Tut mir leid. Es … es gab da ein paar Dinge, die wichtig waren.«

»Was Schlimmes? Du hörst dich nicht gut an.«

»Ich wollte eigentlich gerade rüberkommen, um mit dir noch persönlich zu sprechen, aber …«

»Geh bei dem Wetter bloß nicht vor die Tür.«

»Das hat Maxime eben auch gesagt. Deswegen rufe ich jetzt wenigstens an. Ich muss dir ein paar Sachen erzählen.« Sie begann, Lucas von den Geschehnissen des Tages zu berichten.

»Das hat sie schon einmal gemacht – mit mir!« Cora hörte die Wut in seiner Stimme. »Dafür sollte ich eigentlich gleich nach oben gehen und sie aus dem Haus jagen.«

»Lucas, deine Mutter wird morgen genug Probleme mit dem Inspecteur bekommen, glaub mir. Vielleicht erhält sie dann auch mal eine gerechte Strafe für ihr Verhalten.«

»Ich hatte gerade gedacht, ich kann es vielleicht mit ihr unter einem Dach ertragen, aber dass sie diese

Nummer jetzt auch mit Rob versucht. Weißt du, wie die mich damals behandelt haben? Nicht nur, dass ich im Rollstuhl saß, ich durfte monatelang nicht selbst über mich entscheiden. Erst als – ich schätze, es war mein Vater – ein weiteres psychologisches Gutachten in Auftrag gegeben wurde, gab man mir mein Leben zurück.«

»Na ja, aber Robert hat heute so Andeutungen gemacht, dass du damals wirklich Probleme hattest.«

»Ja, hatte ich auch. Ich …«

Cora hörte, wie schwer er atmete. »Ich wollte mir das Leben nehmen. Mit dem Gasofen in der Werkstatt. Aber selbst das habe ich verbockt, stattdessen einen Teil des Wirtschaftsgebäudes abgefackelt.« Er lachte sarkastisch. »Robert hat mich noch gefunden und da rausgeholt. Aber danach hat meine Mutter alles drangesetzt, mich aus dem Haus zu bekommen.«

Cora wusste nicht, was sie sagen sollte, daher schwieg sie.

»Ich hätte damals Hilfe gebraucht, wirkliche Hilfe. Stattdessen hat sie mich als Irren abstempeln lassen.«

»Das tut mir leid, Lucas.«

»Aber das ist lange her. Keine Angst, heute mache ich so was nicht mehr. Obwohl, jetzt gerade …«

»Lucas, das ist nicht lustig.«

»Nein, schon okay. Ich bin absolut kuriert. Aber sag, wie geht es Robert?«

»Tja, nach wie vor unverändert. Er liegt dort immer noch auf der Intensiv und wird beobachtet. Sie haben wohl Angst, dass seine Lunge noch Ärger macht. Er hat ziemlich schlechte Laune, auch wegen der Sache heute.«

»Das kann ich verstehen. Ich werde ihm wohl mal eine neue Flasche Bourbon für den Reitstiefel kaufen müssen. Ich schätze, den letzten Kampf haben die Chevalierbrüder noch gar nicht gefochten.«

»Das mag schon sein.« Plötzlich rauschte es stark im Hintergrund. »Lucas? Ich kann dich nicht mehr hören. Ich glaube, das Netz ist weg.« Draußen krachte es ohrenbetäubend. Sie legte das Handy aus der Hand und starrte zum Fenster. Hoffentlich ging das jetzt nicht die ganze Nacht so.

24

Die Sonne war noch nicht einmal ganz aufgegangen, da waren alle auf der Domaine Levall schon auf den Beinen.

Der arme Esel stand bis über die Hufe im Wasser. Es hatte in der Nacht so stark geregnet, dass sich im Auslauf des Tieres eine riesengroße Pfütze gebildet hatte. Und das Wasser hatte auch seinen Weg in die Scheune gefunden. Während Cora und Mrs. Davington gemeinsam versuchten, das Wasser aus dem Auslauf des Esels zu schippen, stapelten Maxime, Pascal, Amy und Mr. Davington in der großen Halle die Weinkisten weiter nach hinten in das Gebäude.

Cora stellte gerade ihr Gerät beiseite, als ein Auto auf den Hof fuhr. Das Geräusch ließ auch die anderen aus der Scheune kommen.

Es war der Inspecteur.

»Bonjour«, grüßte er aus dem Wagenfenster heraus. »Ich wollte Ihnen nur kurz Bescheid geben, dass meine Ermittlungen gegen Monsieur Levall abgeschlossen sind. Madame Chevalier hat heute Morgen ihren Fehler eingestanden. Ich werde sie wohl der Falschaussage bezichtigen müssen, aber das ist dann ein anderes Verfahren. Leider haben wir den Unfall damit nicht aufgeklärt. Wir werden die Akte wohl zunächst ruhen lassen.« Mit einem Nicken verabschiedete er sich wieder.

Alle sahen dem Wagen schweigend nach.

»War's das?« Maxime fand als Erster seine Sprache wieder und sah zu Amy.

Sie nickte. »Denke schon.«

Pascal wandte sich auch zu Amy. »Was heißt das, sie werden die Akte ruhen lassen?«

Amy zuckte mit den Schultern. »In England bedeutet das so viel wie, es wird erst mal nicht weiterermittelt, aber die Akte wird auch noch nicht geschlossen. Wenn sich neue Erkenntnisse ergeben, können die Ermittlungen sofort wieder aufgenommen werden.«

»Na gut, dann werden die uns ja wohl jetzt in Ruhe lassen. Machen wir weiter? Ich hätte die ganzen Kisten gerne vor dem Frühstück noch umgestapelt«, sagte Pascal und ging wieder in die Scheune.

»Ich helfe jetzt auch, dann geht's noch schneller. Mr. Davington, machen Sie mal eine Pause.« Etwas besorgt schaute Cora auf den älteren Herrn, der bereits einen hochroten Kopf hatte.

»Danke. Wir haben heute Nacht im Wohnmobil kaum ein Auge zugetan.«

Maxime sah zwischen dem Wohnmobil und dem Haus hin und her. »Wollen Sie nicht vielleicht lieber in einem der Gästezimmer schlafen? Eins ist noch frei. Also nur, solange die Unwetter noch anhalten.«

Mrs. Davington schaute aus, als würde sie gerade freudig zustimmen, da winkte ihr Mann ab. »Danke für das Angebot, aber das Wohnmobil ist sicher. Da drin haben wir schon ganz andere Unwetter überstanden.«

»Wie Sie meinen. Mehr als anbieten kann ich es Ihnen nicht.« Maxime zuckte mit den Schultern und folgte Pascal in die Scheune.

Als sie mit dem Umräumen fertig waren, servierte Valeska allen erst mal ein zünftiges Frühstück.

»Im Radio haben sie eben berichtet, dass bei Carcans einige Campingplätze überflutet wurden und bei Lacanau sogar einige Bäume auf die Urlauber gestürzt sind. Es gab wohl Verletzte«, berichtete sie, während sie allen heißen Kaffee einschenkte.

Maxime schüttelte leicht den Kopf. »Wir müssen heute auch alle Wege abfahren. Ich schätze, hier und da wird es viel Sand ausgespült haben. Und die Weinstöcke müssen kontrolliert werden. Liegen die Wurzeln frei, kann die ganze Pflanze absterben.«

»Ich komme mit und helfe. Muss … muss das bei den Chevaliers auch gemacht werden?« Cora fragte sich, ob Franco und Lucas das alleine schaffen würden, wobei Lucas ja nicht in die Weinfelder hineinkam.

»Ja, das muss überall gemacht werden.«

»Dann … Wärt ihr böse, wenn ich zu Franco und Lucas gehe und ihnen dort helfe, weil …«

Pascal wollte wohl gerade etwas sagen, zumindest schnappte er nach Luft, da antwortete Maxime: »Geh ruhig, wir haben das ja sonst auch alleine gemacht und haben ja noch Amy.«

»Und uns!« Mrs. Davington hob die Hand.

»Und Sie.« Maxime nickte den Davingtons zu.

Cora kam eine gute Stunde später auf dem Hof der Chevaliers an. Auf ihrem Weg dorthin hatte sie schon zwischen den Reben die ersten Schäden gesehen. Hier und da hatte das Wasser tiefe Furchen ausgespült. Manche Drähte hatten sich gelöst und drohten unter der Last der Pflanzen abzusinken.

Sie ging nicht zum Haus, sondern gleich zum Stall, in der Hoffnung, Franco dort zu treffen. Dabei fiel ihr Blick auf die provisorisch reparierte Scheune. Jetzt erst wurde ihr bewusst, wie viel Glück Robert gehabt hatte. Da waren eine Menge Balken abgestürzt. Neugierig und schaudernd zugleich ging sie etwas näher ran.

»Madame Cora, was machen Sie denn hier?« Franco streckte den Kopf durch das Tor des Pferdestalls.

»Guten Morgen, Franco. Ich wollte fragen, ob ich was helfen kann. Maxime sagte, es gebe nach so einer Nacht im Wein viel zu tun.«

»Oui, da hat er recht. Ich wollte gleich nachsehen, muss aber erst noch die Pferde füttern.«

»Würden Sie vielleicht, nur wenn es keine Umstände macht, Lucas Bescheid geben, dass ich da bin. Ich möchte nicht so gerne ins Haus.«

»Mache ich gerne, Madame. Da war heute Morgen auch schon einiges los. Nicht nur dieses Unwetter heute Nacht, heute Morgen war auch schon der Inspecteur da.«

»Ja, ich weiß. Deswegen …«

»Ich sage ihm gleich Bescheid, Madame.«

Während Franco wieder im Stall verschwand, begutachtete Cora noch einmal die kaputte Scheune. Man hatte den Trecker schon geborgen und auch die anderen Maschinen. Einige standen mit deutlichen Beulen auf den Dächern nun neben der Scheune im Freien. Ein Absperrband sollte wohl verhindern, dass jemand zwischen die herabgestürzten Balken stieg. Sie konnte noch genau erkennen, an welchem Balken die Kette festgemacht worden war. Das andere Ende hatte wohl am Trecker gehangen. Nein, Cora glaubte auch nicht, dass das ein Versehen gewesen war, zumal es keinen Grund gab, die Kette dort so fest darum zu schlingen.

»Hey, Cora.« Lucas kam vom Haus her auf sie zu. Hier hinten auf dem Wirtschaftshof war der Boden aus einer festen Schicht. Da konnte er sich wesentlich besser und schneller fortbewegen als vorne auf der schicken Kieseinfahrt.

»Hey! Schön, dich zu sehen, Lucas. Ich habe schon gehört, was heute Morgen los war. Ich hatte dich ja vorgewarnt. War es schlimm?«

Lucas kam neben ihr zum Halten. »Ja, gut, dass ich vorbereitet war. Meine Mutter hat mich regelrecht angefleht, sie in Schutz zu nehmen. War auch mal eine ganz neue Erfahrung. Habe ich natürlich nicht getan. Ich habe meinen Mund gehalten. Dann kam Isabel dazu. Meine Mutter hat versucht, sich rauszureden, und behauptet, dass Mergot sich das alles hat einfallen lassen. Isabel bekam dann wiederum Angst um den guten Ruf ihres Herrn Vater und beschuldigte meine Mutter, ihren Vater da mit reinziehen zu wollen.«

»O weh, da war aber wirklich was los.«

»Ja. Dem Inspecteur war das dann auch zu bunt. Er hat einen Wagen kommen lassen, um die beiden zur Vernehmung nach Lesparre zu bringen. Ich hoffe nur, dass es ihnen eine Lehre ist und sie mit ihren verdammten Intrigen und Lügen aufhören.«

»Ich wollte eigentlich anbieten, heute wegen dem Wein hier zu helfen, also die Felder kontrollieren und so.«

»Gerne, da sage ich sicher nicht nein. Franco wird es nicht alleine schaffen, und ich … Noch habe ich keinen mobilen Untersatz für das Gelände. Ich hab gehört, du kannst reiten? Dann nimm doch die Lavina.«

»Du meinst, ich soll reiten?«

»Ja warum nicht, geht viel schneller. Franco wird dir das erklären. Robert macht das auch immer so. Die einzelnen Felder kontrollieren, wo ein Schaden ist, eine rote Markierung aufhängen, und Franco kann dann mit dem Trecker hinterher alles abfahren und die Schäden reparieren.«

»Hört sich nicht so schwer an.«

»Das schaffst du schon. Worauf du achten musst, weißt du?«

»Maxime sagt, auf ausgespülte Wurzeln und so.«

»Ja genau. Überall, wo etwas mit den Pflanzen nicht in Ordnung ist, den Drähten und auch den Holzpflöcken. Bei den Schäden zwischen den Weinstöcken musst du aufpassen, dass das Pferd nicht stolpert.«

»Ich werde vorsichtig sein.«

»Okay. Ich bin heute im Weinkeller und mach eine Bestandsaufnahme. Ich denke, wir sehen uns dann nachher noch.«

Franco kam aus dem Pferdestall. »Ich werde also jetzt anfangen.«

»Warte. Mach Cora bitte Lavina fertig, sie wird vorreiten und die Markierungen setzen.«

»Oui, sehr gerne.«

Lucas klatschte in die Hände und fasste dann an seine Räder. »Dann auf! Es gibt bestimmt einiges zu tun.«

25

Cora war etwas nervös, als Franco ihr Lavinas Zügel in die Hand drückte.

»Lavina ist wirklich lieb. Sie haben sie doch schon einmal am Strand geritten.«

Cora versuchte, ihre Unsicherheit mit einem Lächeln zu überspielen. Es war auch nicht das Pferd an sich, sondern eher der Umstand, dass sie heute ganz alleine unterwegs sein würde.

»Da vorne in der Satteltasche sind die Markierungsbänder, Madame. Einfach dort, wo ein Schaden ist, eins auf der Wegseite festmachen.«

»Okay.« Cora steckte sich ihre Hose in die Strümpfe. Das sah nicht wirklich schick aus, half aber ungemein, wenn man mit einer normalen Hose auf ein Pferd stieg. Sonst rutschten einem die Hosenbeine beim Reiten nach oben, und man bekam im schlimmsten Fall Scheuerstellen. An den Muskelkater, der sie wohl wieder erwartete, mochte sie lieber noch gar nicht denken. Sie kontrollierte die Länge der Steigbügel und saß dann auf. Lavina blieb dabei ganz ruhig stehen.

»Braves Mädchen.« Sie klopfte der Stute den Hals und hoffte, dass das Tier ihre Unruhe nicht spürte.

»Fangen Sie am besten mit den Feldern hier unten am Château an. Die Route würde Robert auch wählen, und das Pferd kennt sie.«

Cora lächelte etwas schief. »Wenn ich bis zum Einbruch der Dunkelheit nicht wieder da bin, kommen Sie mich bitte suchen, Franco, ja?«

»Keine Sorge, wir haben noch nie einen Reiter verloren.«

Cora nahm die Zügel auf und legte ihren Schenkel sanft an den Pferdekörper. Lavina drehte artig und ging im Schritt in die gewünschte Richtung. Dabei schnaubte sie zufrieden. Sie schien sich zu freuen, mal wieder rauszukommen.

Die Sonne stand inzwischen hoch am Himmel, und von den Weinstöcken stiegen noch schwache Dunstwolken auf. Es würde sicherlich ein feucht-schwüler Tag werden. Je mehr sie bis zum Mittag schaffte, desto besser wäre es wohl. Das Pferd ging den Weg bis zum ersten Weinfeld fast wie von alleine.

Dort hielt es kurz inne und schien Cora fragen zu wollen, wohin es nun gehe.

»Na, Mädchen, zum Strand geht es heute leider nicht. Wir haben etwas zu tun.« Cora nahm den rechten Zügel etwas an und manövrierte Lavina in den ersten Gang zwischen den Weinstöcken. Es ging leicht bergauf, und Lavina lief mit großen Schritten und weich schwingendem Rücken den Hügel hoch. Beide gewöhnten sich schnell aneinander und an den gemeinsamen Rhythmus. Es waren immer einige hundert Meter bis zum Ende des Feldes. Dort musste Cora dann in den nächsten Gang und wieder den Hügel hinab. Auf dieser Strecke lief die Stute vorsichtiger. Sie schien zu spüren, dass am Boden Gefahren lauern konnten. Einmal rutschte sie mit der Hinterhand ein gehöriges Stück nach vorne. Cora erschrak. Sofort spannte sich der ganze Pferdekörper, um sie beide abzufangen. Nach einer Stunde fühlte Cora sich wieder ganz heimisch im Sattel. Bei ihrem ersten Ausritt hier war sie nicht ganz so ängstlich gewesen, aber da hatte Robert sie auch begleitet. Hoffentlich würde er wieder so gesund werden, dass er wieder reiten konnte. Sie hatte gesehen, wie selbstverständlich er auf dem Pferd gesessen hatte, das Ergebnis unzähliger Stunden im Sattel, die Reiter und Pferd zu einer Einheit verschweißten. Ein Gefühl, das sie noch aus Kindertagen kannte. Als kleines Mädchen hatte sie sich auf ihrem Pony Breni unbesiegbar gefühlt. Sie spürte die Kraft des Ponys und konnte schnell wie der Wind davonreiten, außer Breni hatte etwas anderes im Sinn und setzte sie mit einem gekonnten Bocksprung in das feuchte Gras von Buckinghamshire. Sie musste lächeln bei dem Gedanken. In den letzten Sommerferien vor ihrem Studium war sie mit Breni noch zu einem großen Abenteuer aufgebrochen. Ihre Beine waren schon etwas lang für das kleine Welshpony, doch es hatte eine kräftige Statur, so dass sie kein schlechtes Gewissen haben musste, es noch auf längeren Strecken zu reiten. Ihr Weg hatte sie von Chesham, dem Dorf, wo sie aufgewachsen war, bis hin nach Harwich in die Ponnyhole Bay geführt. Einmal wollte sie mit ihrem Breni bis ans Meer. Sie hatte nachts im Zelt geschlafen und draußen das Pony als Bewacher an einem langen Seil angepflockt. Damals hatte sie noch kein Mobiltelefon mit Routenbeschreibung gehabt, sondern war einer einfachen Papierkarte gefolgt. Sie hatte Straßen überquert, Brücken und Eisenbahnlinien. Sie war durch Bedfordshire, Hertfordshire und Essex geritten. Und sie hatte ihre Jugend mit einem Lagerfeuer am Strand abgeschlossen. Das war ihr größtes Abenteuer gewesen, das sie bisher in ihrem Leben hatte, abgesehen von dem Umzug nach London.

Lavina schien zu spüren, dass Cora sich an etwas erinnerte, was mit Reiten zu tun hatte. Sie machte ein paar Trabschritte, als wollte sie fragen, ob sie auch etwas flotter dürfe.

Als sie wieder den Hügel hinaufritten, trieb Cora sie sanft an. Bereitwillig fiel Lavina in einen gleichmäßigen Trab. Cora versuchte, sich einerseits auf das Pferd, andererseits auf ihre Aufgabe zu konzentrieren. Sie hatte bereits zwei Stellen ausgemacht, an denen die Wurzeln der Weinpflanzen schutzlos aus der Erde schauten. Dort prangten nun jeweils zwei gut sichtbare Markierungen. Sie konnte sich erlauben, etwas flotter zu reiten.

Nach einigen Reihen, die sie jeweils im Trab emporgeritten war, um im Schritt den Hügel wieder hinabzugehen, packte sie der Übermut. Beim nächsten Anstieg trieb sie das Pferd noch etwas mehr. Bereitwillig sprang Lavina diesmal in den Galopp. Aufgrund des unebenen Bodens konnten sie sich nicht so gehenlassen wie damals am Strand, aber das Pferd machte lange, gleichmäßige Galoppsprünge, wobei es immer wieder schnaubte. Cora fühlte sich zwischen den Weinstöcken sicher eingerahmt. Nach dem Galopp gönnte sie ihnen beiden oben auf dem Hügel eine kurze Pause. Zufrieden sah sie über das Land. Links lag die Domaine, unterhalb vor ihr das Château de

Mérival. Der Himmel war blau und ließ nicht mehr an den Regen der letzten Nacht denken. Sie ritt weiter, Stunde um Stunde.

Es war bereits Nachmittag, als sie verschwitzt und schmutzig wieder auf dem Hof des Châteaus ankam. Lavina schwitzte ebenfalls gehörig und wurde zudem von einem nervigen Fliegenschwarm verfolgt, der sie unablässig den Kopf schütteln ließ. Von Franco war weit und breit nichts zu sehen, und so musste Cora das Pferd versorgen. Sie hatte das hier auf dem Château noch nicht gemacht, aber die Handgriffe waren wohl überall gleich.

Auf der Stallgasse hing ein Halfter. Cora befreite Lavina, die dankbar den schattigen Stall betrat, von ihrer Trense und nach dem Anbinden auch vom Sattel. Beides hängte sie in der Sattelkammer auf, nachdem sie das Gebiss der Trense abgewaschen und die Satteldecke gelöst und zum Trocknen abgenommen hatte. Anschließend entfernte sie die Gamaschen, die das Pferd an den Beinen zum Schutz vor Verletzungen trug, hob die Hufe und kratzte die Steinchen und die Erde raus und sah nach, dass Lavina sich auf dem langen Ritt nirgendwo einen Kratzer zugezogen hatte. Danach führte sie sie noch mal vor das Stallgebäude, wo es einen Wasserschlauch gab. Sie spritzte zunächst die Beine des Tieres ab, dann die Sattellage und den Hals. Das vom

Schweiß schaumige Wasser sammelte sich unter dem Pferd zu einer großen Pfütze. Lavina schien die Dusche zu genießen. Auch Cora konnte der Versuchung nicht widerstehen, sich die Arme und das Gesicht abzuspülen. Erfrischt führte sie das Pferd noch ein paar Runden auf dem Hof, damit es trocknen konnte, und brachte es dann in den Stall. Franco hatte schon einen großen Berg Heu in einer Boxenecke aufgeschüttet, auf das sich Lavina nun stürzte. Auch Cora merkte, wie ihr Magen knurrte, und vor allem, wie ihre Beine zu schmerzen begannen. Doch sie spürte auch eine tiefe Zufriedenheit.

»Hallo, da bist du ja wieder. Hatte ich doch Hufgetrappel gehört.« Lucas kam in die Stallgasse gerollt. Auf seinem Schoß lag eine Flasche Wasser. Die streckte er ihr nun entgegen. »Hier, du hast bestimmt Durst.«

»Danke.« Cora trank ein paar große Schlucke, wonach ihr ein kleiner Rülpser entfuhr. »Ups, Tschuldigung.« Sie wischte sich mit dem Handrücken über den Mund.

Lucas lachte. »Na, ein Stadtkind bist du wohl nicht, so wie du reitest und trinkst. Ich muss mich bei dir bedanken. Du hast Franco heute eine Menge Arbeit abgenommen.«

»Hab ich gerne gemacht.«

Jetzt hörten sie, wie der Kies der Einfahrt knirschte, als ein Auto auf den Hof fuhr. Sie brauchten nur einen kurzen Blick zu wechseln, um sich einig zu sein, dass sie dasselbe vermuteten.

Lucas rollte hinaus auf den Hof. Cora blieb mit der Wasserflasche in der Hand im Schutz des Stalltors stehen. Sie erhaschte einen Blick auf den Wagen, aus dem eine etwas zerzauste Madame Chevalier stieg. Vorsichtig schaute sie um die Ecke.

Als Catherine ihren Sohn sah, reckte sie das Kinn in die Höhe. »Ist das der Dank meiner Söhne? Jetzt fallt ihr mir beide in den Rücken. Mir, die ich doch versucht habe, das Château de Mérival für die Familie zu wahren?« Sie schüttelte den Kopf und ging zum Haus. Auf der Eingangstreppe drehte sie sich noch einmal zu Lucas um. »Isabel zieht es vor, erst mal nicht mehr hier zu wohnen. Sie wird heute Abend ihre Sachen und das Pferd abholen lassen. Jetzt hast du auch noch die Frau deines Bruders aus dem Haus getrieben!« Sie verschwand.

Lucas warf über die Schulter einen Blick zu Cora, nickte und zeigte mit dem Daumen nach oben.

Cora lehnte sich an die kühle Stallwand. Ändern würde sich diese Frau wohl nie, aber vielleicht kam sie irgendwann zur Ruhe.

26

Robert war glücklich, als ihn eine Schwester mit seinem Bett quer durch das Krankenhaus auf eine normale Station brachte. Doch dort warteten nicht nur ein Telefon, ein Fernseher und irgendwie ein kleines Stück normales Leben, dort wartete auch ein Physiotherapeut.

»Sie müssen jetzt jeden Tag Krankengymnastik machen, damit Sie schnell wieder auf eigenen Beinen stehen können«, erklärte er, während er alle Gelenke an Roberts steifem Körper verbog und verdrehte.

Danach fühlte sich Robert, als wäre die Scheune noch einmal über ihm zusammengebrochen. Erschöpft lag er in seinem Bett und konnte sich an seinem neugewonnenen Luxus noch gar nicht erfreuen. Dauernd fiel er in einen dämmrigen Schlaf.

Am nächsten Morgen zuckte er zusammen, als sich ruckartig die Zimmertür öffnete. Er erwartete wieder den Therapeuten, doch zu seiner Verwunderung stand plötzlich Isabel im Raum.

Er schluckte und wusste nicht, was er sagen sollte. Sie hingegen schien genau zu wissen, was sie sagen wollte.

»Hallo, Robert.« Ihre Pfennigabsätze erzeugten ein lautes Klackern. Sie kam bis auf einen Meter an sein Bett, vermied es aber, ihn direkt anzusehen.

»Hallo, Isabel.« Robert musste sich zwingen, sie anzuschauen. Dabei verspürte er zu seiner Erleichterung rein gar nichts, kein Herzklopfen, keine warme Zuneigung, einzig vielleicht ein schlechtes Gewissen, sie nicht schon vor Monaten vor vollendete Tatsachen gestellt zu haben. »Gut, dass du mich besuchen kommst. Ich muss mit dir reden«, hörte er sich sagen, obwohl er noch gar nicht wusste, was genau er sagen sollte.

»Ich bin hier, um dir mitzuteilen, dass ich zunächst zu Papa ziehe. Wir werden einige Zeit nach Mallorca gehen.«

»Aha, okay.« Auch das beeindruckte ihn wenig.

»Robert, ich finde, du bist sehr undankbar. Papa hat sich seit dem Tod deines Vaters so für dich eingesetzt, und deine Mutter … wir wollten doch alle nur das Beste.«

»Undankbar, ich?« Robert musste prusten. »Isabel, ihr versucht euch seit über vier Jahren auf dem Château ein Leben zu errichten, das aber nie meins sein würde. Es tut mir leid, ich hab versucht, Kompromisse einzugehen, auch wegen uns, aber … es geht einfach nicht.«

Isabel sah plötzlich aus wie ein kleines trotziges Mädchen. »Kompromisse, du? Wir haben doch versucht, uns immer nach dir zu richten.«

»Isabel, lass gut sein. Es bringt nichts, jetzt noch darüber zu streiten. Es ist schon schlimm genug, dass es jetzt so viel Unruhe gegeben hat.«

»Du … wir … wir werden uns also trennen?«

»Ja, das werden wir«, sagte er mit fester Stimme. »Wir sind einfach zu verschieden.«

Isabel verzog keine Miene und sah ihn einen Augenblick an, dann machte sie auf dem Absatz kehrt und verließ den Raum.

Robert starrte noch eine ganze Weile auf die zugefallene Tür. Das war's? Plötzlich kamen ihm seine letzten Jahre wie ein schlechter Film vor. Was hatte ihn nur geritten? Was hatte ihn so blind sein lassen? Doch tief in seinem Inneren wusste er, was es gewesen war. Nach dem Tod seines Vaters hatte er keine Bezugsperson mehr gehabt. Seine Mutter, die nur perfekt die Rolle der Madame Chevalier spielte und es dabei vermied, Herzlichkeit oder gar menschliche Nähe an den Tag zu legen, bot ihm keinen Halt. Da hatte er sich diesen Halt oder vielleicht auch Anerkennung woanders gesucht. Isabel, die ihn in den ersten Jahren ihrer Beziehung umgarnte wie eine Motte das Licht und den Anschein erweckte, als sähe sie zu ihm auf, gab ihm die Bestätigung, noch zu leben.

Doch jetzt war alles anders. Jetzt gab es wieder ehrliche Menschen in seinem Leben. Er ließ sich in das Kissen zurücksinken. Hoffentlich kehrte jetzt wieder Ruhe ein auf dem Château. Um sich abzulenken, schaltete er den Fernseher ein, und die Meldungen über das schlechte Wetter ließen ihn schnell an etwas anderes denken.

27

In den nächsten Tagen kehrte wieder so etwas wie Alltag auf der Domaine Levall und auch auf dem Château ein, auch wenn dieser durch den Regen sehr arbeitsreich war. Es dauerte, bis alle Schäden gefunden und behoben waren, und abends saßen alle zusammen am Tisch, betrachteten ihre schwieligen Hände und freuten sich auf ein Bad und ein Bett. Selbst die Davingtons packten mit an, wobei sich Mr. Davington darauf beschränkte, den Trecker durch die Felder zu steuern, und Mrs. Davington sich in der Küche bei Valeska nützlich machte.

Cora dachte abends oft an Lucas, der dort unten auf dem Château allein war, denn seine Mutter war ihm sicher keine gute Gesellschaft, und sie dachte an Robert, der immer noch im Krankenhaus war, auch wenn man ihn inzwischen auf eine normale Station verlegt hatte. Dort hatte er inzwischen Telefon und konnte sich jetzt mit Lucas besprechen. Bei ihren Telefonaten waren die Schäden auf den Weinfeldern das wichtigste Thema.

Cora hatte noch ein paar weitere Tage im Sattel verbracht, und ihre Beine fühlten sich nicht mehr so schlimm nach Pudding an wie noch am ersten Tag.

Eine Woche nach den starken Regenfällen kündigte der Wetterdienst wieder schwere Unwetter an. Zunächst zogen sie in den Nächten aber weiter nordwärts über das Land. In der Bretagne gab es schwere Sturmböen. Eigentlich hatten die Vorhersagen für das Médoc keine Vorwarnungen erhalten, doch an einem Abend ballten sich schon wieder große Wolkentürme über dem Land auf. Maxime sah immer wieder nervös zum Himmel und machte beim Abendbrot einen unruhigen Eindruck. Alle waren bedrückt, denn wenn es wieder so starken Regen gab, wäre die Arbeit der vergangenen Tage umsonst gewesen.

In der Nacht lauschte Cora vor dem Einschlafen nach draußen. Es donnerte zwar in der Ferne, aber so schlimm schien es nicht zu werden. Sie fiel in einen unruhigen Schlaf.

Mitten in der Nacht brach dann die Hölle los. Sturmböen rüttelten am Haus und ließen die Büsche draußen an die Fensterscheiben schlagen. Cora war im Nu wach und sprang aus dem Bett. Wieder zuckten Blitze.

Sie zog sich etwas an und ging in den Flur. Das Licht in der Küche sagte ihr, dass es auch die anderen aus dem Bett getrieben hatte. Und tatsächlich standen Pascal, Maxime und Amy besorgt vor der Terrassentür und schauten nach draußen.

»Das ist ganz schön heftig, was?« Cora ging zu ihnen.

»Heftig? Das ist der schlimmste Sturm seit Jahrzehnten. So etwas habe ich schon lange nicht mehr erlebt.« In Maximes Stimme hörte man die Angst und den Respekt vor der Naturgewalt.

Alle blieben in der Küche. An Schlaf war nicht mehr zu denken. Aus den Sturmböen wurden Orkanböen.

Pascal schaltete das Radio ein, doch es erklangen nur Wortfetzen und Rauschen. Er machte es wieder aus. »Merde!«, fluchte er leise.

Plötzlich begann ein ohrenbetäubender Lärm.

»Was ist das?« Amy sah ängstlich nach oben.

»Hagel, verdammt, jetzt hagelt es!«, rief Maxime. »Das hat uns gerade noch gefehlt.«

Alle erschraken, als plötzlich die Eingangstür aufflog und mit einem kalten und feuchten Windzug die Davingtons ins Haus stürmten.

»Oh, da draußen ist es ganz schrecklich. Ich glaube, es hat eine unserer Scheiben zerschlagen.« Mrs. Davington kam sofort zu Cora und Amy, als wollte sie Schutz suchen.

»Wenn das hoffentlich gleich vorbei ist, müssen wir raus und nach der Scheune schauen, Pascal!« Maxime begann, sich schon seine Arbeitsstiefel anzuziehen.

»Ihr wollt doch nicht wirklich bei dem Wetter raus?« Amy sah die beiden verständnislos an.

»Müssen wir wohl. Vor zwanzig Jahren ist mir schon mal das Dach dort weggeflogen.« Maxime sah jetzt wütend aus, aber für das Wetter konnte nun niemand etwas.

Als der Hagelschauer vorbei war, eilten die beiden Männer nach draußen. Cora sah ihnen besorgt nach. Dem Hagel folgte wieder ein Regenschauer, dann heulte einige Zeit nur der Sturm ums Haus.

»Ich gehe, glaube ich, mal gucken, ob ich was helfen kann.« Cora sah im Geiste die Bilder von der zusammengekrachten Scheune der Chevaliers vor sich. Nicht auszudenken, wenn hier jetzt auch noch so ein Unglück geschehen würde. Sie holte sich ihre Jacke und kämpfte sich gegen den Wind aus dem Haus und über den Hof. Im Licht der Blitze sah sie, wie Maxime versuchte, das große Scheunentor mit Balken zu sichern.

»Wo ist Pascal?«, schrie Cora gegen den Sturm an.

Maxime winkte mit der Hand und rief so etwas wie hinten, Bäume.

Cora lief um die Scheune herum. Dort leuchteten die Scheinwerfer des Treckers. Sein Motorengeräusch wurde fast gänzlich vom Wind verschluckt. Sie kämpfte sich bis zu Pascal.

»Was ist?«

»Die Bäume! Der eine wird kippen. Darf nicht auf die Scheune. Ziehen!« Er deutete auf den Trecker. Als hätte der Himmel seine Schleusen geöffnet, ging plötzlich wieder heftiger Regen auf sie hernieder. Binnen Augenblicken war Cora vollkommen durchnässt.

Pascal deutete ihr an, was er vorhatte. Eine der jahrhundertealten Pinien hatte sich schon ein ganzes Stück geneigt. Würde sie so umkippen, würde sie genau auf die Scheune fallen.

Pascal legte ein dickes Tau um den Stamm des Baums.

Cora sah ihm durch den starken Regen zu. Plötzlich wurde alles still um sie, sie merkte den starken Wind kaum noch, und auch das Wasser, das ihr inzwischen kalt den Rücken runterlief, war einen Moment vergessen. Sie sah nur noch, wie Pascal blitzschnell und behende das Tau am Baum verknotete. Und in ihrem Geiste sah sie das Bild der Scheune der Chevaliers, und es mischte sich die Szene darunter, wie Pascal dort die Kette um den Balken gelegt haben könnte. Es waren die gleichen Handgriffe. Sie schlug sich die Hand vor den Mund. Der Verdacht traf sie fast so hart wie ein Blitz.

Pascal zog an dem Tau, schleppte das Ende bis zum Trecker und brüllte dann Cora an: »Weg! Weg!«

Cora löste sich aus ihrer Erstarrung und rannte ein Stück davon. Pascal bestieg den Trecker und gab Gas. Die Scheinwerfer der Maschine richteten sich für den Bruchteil einer Sekunde nach oben, während sich das Heck mit seinen großen Reifen fast in den Boden eingrub. Das Tau spannte sich. Erst sah es so aus, als würde sich der Baum nicht fortziehen lassen, doch dann gab er nach, und die Baumkrone kippte zur Seite. Das Krachen des Holzes übertönte sogar den Regen und den Sturm.

Pascal löste das Tau und fuhr den Trecker wieder auf den Hof. Er stellte ihn mitten darauf ab, weil das wohl im Moment der sicherste Ort war. Dann lief er zu Cora und packte sie am Arm. »Geh wieder rein! Sofort!« Anschließend rannte er zu Maxime, der immer noch mit dem Tor kämpfte. Ein Donner ließ die Erde erzittern, und ein lautes Knallen kündigte den nächsten Hagel an. Ballgroße Eiskörner schlugen vor Cora auf den Boden. Erschrocken rannte sie zum Haus. Einige der Geschosse trafen sie schmerzhaft. Sie blieb in der Tür stehen und hielt sie offen. Maxime und Pascal waren am Tor fertig und rannten nun auch in Richtung Haus, wobei sie sich schützend die Arme über die Köpfe hielten.

Alle drei fielen sie regelrecht in den Flur. Die Tür schlug zu, und man hörte nur noch die dumpfen Einschläge.

Maxime wischte sich mit den Händen über das Gesicht. »So eine verdammte Scheiße! Scheiße! Scheiße!«

In den Morgenstunden wurden die Gewitter und die Böen weniger, doch niemand wollte im Grunde, dass es hell wurde. Die zu erwartenden Schäden würden grausam sein.

28

Die östlichen Felder waren am wenigsten betroffen. Hier standen die Weinreben zumindest noch halbwegs aufrecht, doch der Boden war von einer dicken Schicht abgeschlagener Blätter und Trauben bedeckt. Die ganze Westflanke des Hügels von der Domaine Levall bis hin zum Château de Mérival sah hingegen aus, als wäre dort ein Panzer durchgefahren. Anders wusste Cora es nicht zu beschreiben. Weinstöcke, Pflöcke, Drähte, alles war umgeknickt und zu wellenartigen Haufen aufgetürmt. Der Boden sah aus, als hätte man ihn mutwillig umgepflügt.

»Das ist eine Katastrophe«, hatte Maxime gesagt, als er bei Anbruch des Tages den Blick vom Hügel über die zerstörten Felder wagte. »Eine Katastrophe.«

Das ganze Médoc war verwüstet worden. Das Radio lief wieder und brachte unablässig neue Meldungen. Es hatte Tote und Verletzte gegeben, ganze Campingplätze waren einfach davongeweht worden, der Wald hatte große Schäden davongetragen, und unzählige Häuser hatten ihre Dächer verloren. Bis hin zur Domaine hörte man seit Sonnenaufgang die Sirenen heulen.

Cora rief als Erstes Lucas an.

»Bei dir alles okay, Lucas?«

»Ja. Hier sind ein paar Dachpfannen runtergekommen, und die Scheune ist nun gänzlich zusammengefallen.« Seine Stimme hörte sich belegt an.

»Am Haus ist bei uns auch alles in Ordnung. Aber Lucas, die Weinfelder.«

»Ja, ich habe es schon gesehen. Ist schlimm. Ich fahre gleich mit Franco eine Runde und schau mir den Schaden an.«

»Ich werde mal Robert anrufen.«

»Ja. Sag ihm, wir leben alle noch.« Hilfloser Spott lag in seinem Ton.

Als Nächstes rief Cora bei Robert im Krankenhaus an.

»Gut, dass du dich meldest, Cora. Wie sieht es aus? Ich konnte Luc noch nicht anrufen. Dieser Physiotherapeut bestand heute Morgen auf seine Behandlung.«

»Es sieht leider nicht gut aus. Der Sturm und der Hagel haben ganze Arbeit geleistet.«

»Scheiße! Wie schauen die Felder aus?«

»Auf einigen stehen die Pflanzen noch. Aber von hier oben bis runter zu euch sind ein paar Felder komplett verwüstet.«

»Das fehlte dieses Jahr noch.« Robert hörte sich resigniert an.

»Tut mir leid, dass ich keine besseren Nachrichten hab.«

»Du kannst ja nichts dafür. Hauptsache, es ist keiner verletzt worden.«

Vor Coras innerem Auge erschien wieder das Bild von Pascal, dem Tau und dem Baum.

»Ja, wir sind alle okay. Ich denke, Lucas wird sich nachher bei dir melden. Er wollte erst mit Franco überall nachsehen.«

»Okay. Du meldest dich auch wieder?«

»Ja, natürlich. Ich schau jetzt mal, wie es Maxime und Pascal geht.«

»Gut. Pass auf dich auf, Cora.«

»Mach ich.«

Cora fand alle zusammen auf dem Hof. Nicht nur, dass der Wein fast gänzlich zerstört war, auch das Wohnmobil der Davingtons schaute aus, als hätte es eine Nacht unter Dauerbeschuss verbracht. Die Frontscheibe war gesprungen, und man sah genau, wo die Hagelkörner eingeschlagen waren.

Amy half Mrs. Davington gerade, die noch halbwegs trockenen Sachen aus dem Gefährt zu räumen, während die Männer den Schaden an der Scheibe begutachteten.

»Das bezahlt die Versicherung.« Mr. Davington versuchte sich in Optimismus. »Doch die ganzen Beulen, das wird dauern, bis das repariert ist.«

Pascal wandte sich ab und ging in Richtung Scheune. Cora folgte ihm. Der Baum lag längs hinter dem Gebäude, nur die Außenwand hatte ein paar Kratzer durch die mächtigen Äste abbekommen. Das Tau lag noch auf der vom Trecker zerfurchten Erde.

Pascal blieb stehen und starrte auf den Boden. Cora stoppte kurz hinter ihm.

»Du warst es, oder?«

Pascal regte sich nicht.

»Pascal, ich habe dich gestern mit dem Tau gesehen, und ich habe die Kette in der Scheune drüben gesehen. Warum hast du das getan?«

Er wandte ihr immer noch den Rücken zu, aber sie sah, wie er den Kopf etwas senkte.

»Weil Robert immer im Weg steht. Egal, was ich in meinem Leben machen will, er steht mir im Weg.«

»Was?«

Pascal fuhr herum und funkelte Cora böse an. »Felice war ein ganz besonderes Mädchen. Ich war wirklich verliebt. Doch wer hat sie bekommen – der feine Herr Chevalier! Dann war sie tot. Wegen Lucas gab man mir auch die Schuld. Aber hätte Robert nicht vom Rücksitz nach vorne gegriffen, es wäre nichts passiert. Doch *ich* war schuld. Man hat mich hier überall angesehen, als wäre ich ein Mörder. Robert bekam das Mitleid, Robert bekam den Erfolg, ich hatte hier im Weingebiet keine Chance mehr. Ich hatte echt scheiß Jahre. Als ich dann wieder zurückkam, dachte ich, ich könnte hier etwas Neues aufbauen. Es lief doch so gut.« Pascal drehte sich wieder weg. »Aber dann kam Mergot und hat mit seinen Plänen hier alles durcheinandergebracht. Und dann ...« Er schwieg einen Augenblick. »Dann kamst du. Weißt du noch, unser letzter Abend dort unter den Pinien?«

Cora wusste es noch sehr genau, doch die Erinnerung daran hatte plötzlich etwas sehr Bitteres.

»Weißt du, Cora, ich hab echt gedacht, aus uns könnte etwas werden. Aber dann habe ich gesehen, wie du Robert anhimmelst ...«

»Pascal, ich … ahnte ja nicht.«

»Ist egal. Geh zu ihm. Geh auch zu dem Inspecteur. Mir ist jetzt alles egal.« Er ließ sie einfach stehen und ging davon.

Cora sah ihm nach. Sie hatte ja nicht geahnt, wie sehr er sich von Robert die ganzen Jahre gedemütigt gefühlt hatte. Der Unfall hatte wirklich ein dickes Loch in beider Leben gerissen. Sie sah auf das Tau. Sollte sie etwas sagen? Dann würde Pascal vielleicht ins Gefängnis gehen. Sie fröstelte.

Als sie zurück über den Hof ging, sah sie Pascal eilig mit seiner Tasche in seinen Wagen steigen. Ohne zurückzublicken, fuhr er vom Hof.

29

Ich schätze, das war's.« Maxime saß mit glasigen Augen am Küchentisch. Amy saß neben ihm und tätschelte ihm beruhigend den Arm.

Cora war noch wie in Trance von Pascals Bekenntnis. Sie setzte sich mit an den Tisch und starrte ins Leere.

»Nein, Maxime, es gibt immer eine Lösung. Auch jetzt wird sich eine finden. Wo wollte Pascal denn so eilig hin?« Amy sah Cora fragend an.

Cora zuckte nur mit den Schultern.

Maxime schlug mit der flachen Hand auf den Tisch. »Es sind zwei Drittel der Felder zerstört. Das, was noch übrig ist, reicht kaum, um abgeerntet zu werden. Vorbei – es wird das erste Jahr sein, in dem es auf der Domaine keinen Wein zu keltern gibt.«

»Aber im Lager ist doch noch was. Damit kann man doch sicher erst mal noch etwas wirtschaften.«

Maxime schüttelte den Kopf. »Ja, kann man, aber da sind die Winzer wie die Geier. Die, die dieses Jahr noch etwas ernten können, werden mit dem Jahrgang ein gutes Geschäft machen. Wein aus dem Médoc wird rar sein. Und wenn unser Lager leer ist, dann ist es bis übernächstes Jahr leer, denn dann erst … Aber die Felder wieder in Schuss zu bekommen wird viel Geld kosten.«

»Bist du da nicht versichert?« Cora fand endlich wieder klare Gedanken.

»Doch, schon, aber es sind alle versichert. Das wird ein Gezerre geben, um überhaupt Entschädigungen zu kriegen.« Er fuhr sich übers Gesicht. »Ich weiß nicht, ob ich das alles durchstehe.«

Alle schwiegen betroffen.

Cora lief durch die zerstörten Felder hinab zum Château. Sie musste aufpassen, nicht zu stolpern. Hier und da verfing sich ihr Fuß in den umgeknickten Pflanzen. Tränen liefen ihr über die Wangen. Die Zerstörung war so übermächtig, dass sie sich auch nur noch machtlos fühlte.

Am Château angekommen, wischte sie sich mit dem Ärmel die Wangen trocken. Draußen war niemand zu sehen. Francos Wagen stand allerdings in der Nähe des Hauses.

Cora klopfte an der Eingangstür, doch niemand reagierte. Sie betrat einfach das Haus und ging zum Arbeitszimmer. Die Tür stand weit offen. Die Szene, die sie dort vorfand, kam der nahe, die sie gerade auf der Domaine verlassen hatte.

Lucas saß hinter dem Schreibtisch und starrte ins Leere. Catherine Chevalier stand am Fenster und regte sich nicht. Franco saß auf einem Stuhl und hatte die Hände vor dem Gesicht.

»Cora.« Lucas bemerkte sie als Erster.

Catherine Chevalier schenkte ihr nur einen kurzen Seitenblick. Franco nahm die Hände vom Gesicht und nickte ihr resigniert zu.

»Und?«, fragte sie leise. »Wie sieht es hier bei euch aus?«

Lucas stützte sich auf den Tisch. »Miserabel. Der Großteil der Felder ist nicht mehr zu gebrauchen. Und bei euch?«

»Genauso.« Sie schüttelte den Kopf.

»Tja, das war's wohl«, sagte Catherine Chevalier, ohne sich dabei umzudrehen. »Jetzt haben wir alles verloren.«

Cora fröstelte und umschlang ihren Oberkörper mit ihren Armen. »Weiß Robert das schon?«

Lucas nickte nur schwach. »Das, was wir noch auf den Feldern haben, wird kaum reichen. Ich denke, das Château de Mérival wird bald Geschichte sein.«

Cora hob hilflos die Arme und verließ den Raum. Sie ertrug es nicht. Die Tränen liefen schon wieder. Sie wusste nicht, wohin, und so ging sie in den Pferdestall. Hier herrschte friedliche Ruhe. Die Pferde schienen von dem Ganzen unbeeindruckt.

Sie konnte es nicht fassen. Sie setzte sich auf einen Strohballen und vergrub ihr Gesicht in beiden Händen. Zwei Weingüter vor dem Ruin, zwei Familien.

Maxime und Robert taten ihr so leid. Da schien doch gerade alles … Sie stockte und schniefte. Zwei Familien? Zwei Familien! Sie sprang auf.

»Nein, ich gehe da nicht hin! Bist du jetzt ganz verrückt geworden?!« Maxime starrte Cora an, als hätte diese in der Nacht doch etwas auf den Kopf bekommen.

»Maxime, nun hör dir doch bitte an, was Cora zu sagen hat.« Amy sah ihn streng an.

»Bitte!«, flehte Cora. »Kommt jetzt bitte mit rüber zum Château de Mérival, ich habe vielleicht eine Lösung.«

»Nein!« Maxime verschränkte die Arme.

»Verdammt, warum sind hier alle nur so starrhalsig. Steh jetzt auf und komm mit!« Amy ging zu ihm und zog ihn von seinem Platz. Maxime war so überrumpelt, dass er nicht mehr protestierte.

Cora bebte innerlich. Sie wusste nicht, ob es klappen würde, was ihr in den Sinn gekommen war, aber es wäre vielleicht die Rettung.

Sie ging eilig voran, nicht dass Maxime es sich doch noch anders überlegte.

Im Château de Mérival hatte sich an dem Bild wenig geändert, außer dass sich Catherine Chevalier auf einen Stuhl niedergelassen hatte und sich mit einer Hand die Stirn hielt. Alle drei richteten jetzt verblüfft ihre Blicke auf Cora, Amy und Maxime.

»Was …?« Lucas sah fast aus, als wollte er versuchen aufzustehen, was natürlich nicht ging.

Maxime aber schien es doch zu viel des Guten zu sein, und er machte Anstalten, auf dem Absatz kehrtzumachen, woran ihn Amy jedoch hinderte.

»Hey, ich weiß wirklich nicht, was das jetzt soll? Wir haben echt andere Sorgen.«

»Ja, und genau deswegen sind wir jetzt hier«, sagte Cora so scharf, dass alle Augen sich wieder auf sie richteten. »Ihr beide«, sie deutete auf Lucas und Maxime, »habt jetzt dieselben Probleme. Ich denke, es ist Zeit, endlich die alten Fehden zu vergessen. Wenn ihr jetzt zusammenarbeitet, habt ihr vielleicht noch eine Chance.«

Maxime schob die Augenbrauen so sehr zusammen, dass sie sich fast über seiner Nase berührten. »Zusammen … mit … neeeein!« Wieder wollte er flüchten, wurde aber erneut von Amy aufgehalten.

Lucas sagte einen Augenblick gar nichts.

Catherine Chevalier sprang von ihrem Platz auf. »So weit kommt es noch!«

Cora spürte, dass es Zeit war, ihr letztes Ass auszuspielen. Eigentlich hatte sie es vergessen wollen. Sie hatte schon zu viel in den Geschichten dieser Familien herumgegraben, aber wenn er der letzte Nagel war, an dem jetzt das Überleben aller hing, so würde sie wenigstens versuchen, ihn zu nutzen.

Sie machte mutig einen Schritt auf Catherine Chevalier zu. »Ist es nicht Zeit, seinen alten Hass zu vergessen?«

Catherine Chevalier zuckte zurück.

»Sie wissen sehr wohl, wovon ich rede, oder? Wir sprechen hier nicht davon, dass zwei Familien vor dem Ruin stehen, sondern genau genommen … eine Familie!«

»Cora, was redest du da?« Das schien selbst Amy nun zu viel.

Doch Cora konnte jetzt nicht lockerlassen. Sie sah, wie Catherine Chevaliers Fassade bröckelte. »Sagen Sie es, Madame. Sagen Sie, was Sie all die Jahre dazu getrieben hat, Maxime so zu hassen.«

»Mutter«, Lucas sah sie eindringlich an, »wovon spricht Cora?«

Catherine Chevalier sackte um einige Zentimeter in sich zusammen. Dann jammerte sie plötzlich mit leiser Stimme. »Dieses Flittchen … Ich musste all die Jahre mitansehen, wie mein Vater meine Mutter verschmähte und immer wieder auf den Hügel ging. Ich habe gesehen, wie er Maxime angeschaut hat – seinen Sohn – und mich als Tochter nicht wirklich wahrgenommen hat. Und wie er diese Frau liebte, mit einer Hingabe, die meiner Mutter nie zuteilwurde.«

Maxime wurde kreidebleich.

Amy schlug sich die Hand vor den Mund.

»Aber jetzt ist es egal, jetzt wird alles untergehen, die Familie Chevalier und auch … der Bastard meines

Vaters.« Catherine Chevalier stürzte an allen vorbei aus dem Raum hinaus.

Maxime taumelte. »Ich … ich muss mich setzen.«

Amy sah ihn fragend an. »Du hast es nicht gewusst?«

»Nein. Ich … ich wusste, dass mein Vater nicht mein leiblicher Vater war, aber … damals war Krieg. Ich spürte, dass ich am besten nie … fragen sollte.«

»O Mann.« Lucas sah Cora verblüfft an.

Aber Cora fuhr dort fort, wo sie aufgehört hatte. »So, und ich finde, es ist an der Zeit, das alte Kriegsbeil zu begraben und jetzt einen gemeinsamen Weg zu suchen. Jeder von euch beiden hat noch einen Teil seiner Ernte. Legt sie zusammen, und beide Weingüter haben vielleicht eine Chance, so weit zu kommen, bis eine neue Generation Wein steht.«

Franco, der die ganze Zeit wie angewurzelt auf seinem Platz gesessen hatte, nickte. »Madame Cora hat nicht unrecht. Das könnte gerade so reichen.«

Das Klingeln des Telefons riss alle aus dem Thema. »Entschuldigung, das geht schon den ganzen Morgen so.« Lucas nahm ab. »Château de Mérival … Nein, wir haben keine Stellplätze … Nein, leider nicht … Ja, bitte.« Er legte wieder auf. »Die Betreiber der Campingplätze versuchen verzweifelt, ihren Gästen andere Stellplätze zu besorgen. Es sind an der Küste überall

Bäume umgefallen, und es wird Wochen dauern, bis die Plätze wieder sicher sind.«

Jetzt war es Amy, die blitzschnell kombinierte. »Ja lassen Sie sie um Himmels willen kommen!«

»Bitte?« Lucas lächelte verwirrt.

»Mensch, Leute, kein Wein, keine Ernte, kein Geld, aber die Camper, die bringen Geld ein! So könnten die ersten Kosten schon wieder gedeckt werden. Ach Mensch, die Idee ist super!« Amy klatschte in die Hände. Sie ging zu Cora und umarmte sie spontan. »Wir Frauen, wir werden das jetzt richten, jawohl! Oder, Cora? Wir hatten uns geschworen, die Domaine und das Château de Mérival zu retten.«

Maxime fasste sich an die Stirn und stand auf. »Mir ist das alles zu viel, ich geh. Sagt Bescheid, was passiert. Ich bin oben auf meinem Hügel.«

Lucas rollte hinter seinem Schreibtisch hervor. »Und wo sollen wir die lassen, diese Camper?«

»Na auf der Koppel da vorne, da, wo … Da sollte vor einigen Tagen noch ein Hotel hin! Da werden für ein paar Wochen wohl auch ein paar Campinggäste gehen.«

Lucas schien noch nicht überzeugt. »Franco?«

Franco stand auf. »Also, Monsieur, soweit ich weiß, zahlen die Urlauber gutes Geld. Fünfundsechzig Euro am Tag in der Saison, das auf vielleicht zwanzig Plätze, die wir bieten könnten, und das auf einen Monat gerechnet. Damit hätten wir schon fast das erste Weinfeld wieder bepflanzt.«

Lucas überlegte einen Augenblick. »Gut, bleibt uns ja nichts anderes übrig. Wir legen die Weinernte dieses Jahr mit Maxime zusammen, wenn er damit einverstanden ist. Das müsste genug geben, um nächstes Jahr noch gut zu verkaufen. Und den nächsten Campern sage ich, dass sie bei uns aufbauen können. Dann gucken wir mal, ob wir die Schiffe über Wasser halten können.«

30

Langsam!« Cora half Robert aus dem Auto. »Ich weiß, dass du es kaum erwarten kannst, aber du bist immer noch …«

»Ja, ja, ich weiß, nicht fit!« Robert verzog das Gesicht und stützte sich auf seine Gehhilfe.

Zwei Kinder kamen um die Hausecke gerannt und stießen fast mit ihnen zusammen.

»Hoppla?« Robert sah ihnen verwundert nach.

Cora lächelte entschuldigend. »Äh, ja, hier ist jetzt etwas mehr los als früher.«

Robert humpelte sofort um das Haus herum und blieb dort stehen. »Das ist nicht euer Ernst, oder?«

Cora stand neben ihm und schaute ebenfalls auf die lange Reihe weißer Wohnwagen und bunter Zelte, die sich auf der Koppel erstreckte. »Es sind momentan sogar über dreißig Plätze belegt. Die Leute sind dankbar, dass sie ihren Urlaub fortsetzen oder überhaupt antreten konnten. Wir haben die Gäste von drei Campingplätzen aufgenommen, und die Betreiber verweisen weiter auf uns. Dort werden die Aufräumarbeiten noch andauern.«

»Sind das … die …?« Robert deutete mit seiner Gehhilfe auf ein ziemlich verbeultes Wohnmobil, das direkt an der Einfahrt zur Koppel stand.

»Ja, das sind die Davingtons. Sie waren uns eine große Hilfe. Keiner hat wohl mehr Erfahrung als sie. Mr. Davington hat sofort ein paar mobile Sanitärräume kommen lassen und hat alles so weit organisiert, dass die Camper hier ganz gut stehen können.«

Robert schüttelte den Kopf und wandte sich zu den Weinfeldern. Maxime und Franco hatten bereits begonnen, mit den Treckern die Verwüstungen zusammenzuschieben. »Das wird dauern, bis da wieder anständiger Wein wächst.«

»Ja, leider. Aber wir haben inzwischen eine Menge Ideen, wie wir die Domaine und das Château de Mérival so lange über Wasser halten können.«

»Wir?«

»Lucas, Amy und ich.«

»Was sagt Maxime dazu?«

»Na ja, sagen wir mal so, Amy hat es geschafft, ihn zu überzeugen. Die Domaine ist ein bisschen stärker betroffen als deine Felder. Amy überlegt, ob man nicht dauerhaft eher etwas in Richtung Camping anbieten könnte.«

»Na toll, noch mehr nackte Engländer mit großen Wohnmobilen.«

Cora lachte. »Nein, nein, eher ganz natürlich und biologisch-dynamisch. Amy hat da so ihre ganz eigenen Vorstellungen.«

»Aha. Und was gedenkst du hier so zu veranstalten? Auch Camping?« Robert hörte sich von alldem noch nicht so überzeugt an.

»Nein, kein Camping, aber in deinem Pferdestall ist noch ganz schön viel Platz. Ich dachte, vielleicht können wir den sinnvoll nutzen.«

Robert grinste schief. »Pferde, aha.«

»Wird sich schon alles ergeben, Hauptsache, der Ruin ist abgewendet, oder?«

»Ich muss sagen, du überraschst mich, Cora.« Robert lächelte sie an und schüttelte gleichzeitig den Kopf.

»Da seid ihr ja! Robert?«

Hinter ihnen standen vor dem Eingang des Châteaus Lucas und Catherine Chevalier.

Robert entglitten alle Gesichtszüge. Cora lachte still in sich hinein. Dass Lucas und seine Mutter einmal so dicht beieinanderstehen würden, um Robert auf dem Château willkommen zu heißen, das hatte selbst sie nicht zu hoffen gewagt. Doch von einem war sie inzwischen ganz fest überzeugt. Wenn man Träume vor sich sah, tat man gut daran, sie festzuhalten. Manche erfüllten sich doch.

»Na geh schon, ich glaube, es gibt eine Menge zu besprechen.«

»Und wir?« Er sah ihr in die Augen. »Bekomme ich meine zweite Chance?«

Cora hob die Arme. »Hey, ich bin noch da. Nun geh!« Robert humpelte zu seiner Familie. Cora sah ihm liebevoll hinterher. »Robert?«

Er drehte sich halb. »Ja?«

»Magst du eigentlich Hunde?«

»Ja, wieso?«

»Geh, wir sehen uns später.«